Delirium tremens

Delirium tremens

Primera edición: noviembre de 2015

Penguin Random House Grupo Editorial, S. A. de C. V.
Blvd. Miguel de Cervantes Saavedra núm. 301, 1er piso,
colonia Granada, delegación Miguel Hidalgo, C. P. 11520,
México, D. F.

www.megustaleer.com.mx

ISBN: 978-607-313-720-1

Impreso en México – *Printed in Mexico*

El papel utilizado para la impresión de este libro ha sido fabricado a partir de madera procedente de bosques y plantaciones gestionadas con los más altos estándares ambientales, garantizando una explotación de los recursos sostenible con el medio ambiente y beneficiosa para las personas.

Penguin
Random House
Grupo Editorial

Delirium tremens

Ignacio Solares

A mis padres
y a Jorge Velasco,
a quien tanto debemos
este libro y yo.

Prólogo

Descrito por primera vez en el año de 1813, el *delirium tremens* nunca había sido abordado desde un horizonte literario y descriptivo, tal como lo ha hecho Ignacio Solares —con indudable originalidad y talento— en esta obra.

El *delirium tremens* es un conjunto de síntomas que se desarrollan en el alcohólico crónico después de la interrupción brusca de una ingestión prolongada e intensa de bebidas embriagantes. Las alucinaciones visuales son quizá el síntoma más dramático de este cuadro, y es justamente esa esfera sensoperceptiva alterada del alcohólico la puerta de entrada por la que Solares se introduce. El reto: aventurarse en la profundidad del sujeto y contemplar cómo la experiencia alucinatoria puede cambiar su trayectoria existencial.

Considerado por la ciencia médica como un fenómeno estrictamente neurofisiológico y metabólico, el *delirium tremens* no es más que la manifestación psiquiátrica de la protesta del organismo por la suspensión inesperada de la droga —en este caso el alcohol— a la que su metabolismo ya se había adaptado. A pesar de esta organicidad que nadie pone en duda, el autor intenta establecer un puente entre la neurobioquímica y la psicología tratando de encontrar un significado psicodinámico a los símbolos alucinatorios experimentados por el enfermo en el síndrome de supresión y a la ideación delirante que resulta de sus trastornos sensoperceptivos. Esto constituye, indudablemente, un apasionante reto para la psiquiatría y el psicoanálisis; y la punta de la hebra la deja Solares, descriptiva y objetivamente, en las páginas de este libro, para que la tome quien se sienta estimulado a responder al reto.

El relato de los casos es dramático y conmovedor, siempre apegado a la realidad y respetando la vivencia subjetiva de quien lo cuenta. En rigor, el autor no se limita exclusivamente al *delirium tremens*, sino que refiere también casos de alucinosis alcohólica y estado paranoide alcohólico, psicosis alcohólicas ambas, que no son más que variaciones sobre el mismo tema. También se profundiza en la psicopatología que necesariamente está asociada a todo alcohólico y hay casos, como el de Gabriel, en donde se tornan imprecisos los límites entre los síntomas psicóticos agudos y transitorios del *delirium tremens* y una estructura psicopatológica que tiende a mantener inmerso su pensamiento en un terreno paranoide.

Pienso que esta obra —que sienta un precedente en su temática— constituye un documento de inestimable valor, no sólo para profesionales interesados en el campo del alcoholismo, de la conducta y de los fenómenos psicocerebrales, sino para todo aquel que sea sensible a las vivencias interiores del ser humano y a los mundos insospechados que su mente puede alcanzar.

Dr. José Antonio Elizondo López
Coordinador del Programa de
Rehabilitación de Alcohólicos
del Hospital Psiquiátrico del IMSS

I

Veía angelitos como burbujas que, al estallar, se convertían en pura luz. Una luz incandescente que terminaba pintándose de colores como fuegos artificiales.

Salían de atrás de los muebles, de las grietas de la pared. Eran hermosos, con alitas blanquísimas. Volaban hacia mí sonrientes y con unos ojos dulces.

—¡Vengan! ¡Vengan a ayudarme! —les gritaba con las manos en alto.

Estallaban en el aire. Los flashazos inundaban la pieza de colores encendidos. Parecía un juego de lo más divertido. “Si pesco uno, lo guardo en el bolsillo y luego le compro una cajita de cristal para que adorne la mesa de centro de la sala. No cualquiera tiene un angelito como estos”, pensaba. Pero cuando mis manos los rozaban se desvanecían.

Poco a poco, casi en forma imperceptible, empezó la angustia. La luz se volvió insoportable y necesité ponerme una mano en la frente como visera. Los angelitos volaban a mi alrededor y en sus ojos nacía la burla.

—¡Ya no quiero jugar, lárguense! —y les tiraba manotazos.

Me dolía el estómago y la respiración se me alteraba. ¿Qué estaba sucediendo si todo parecía tan divertido? Entonces descubrí que uno de ellos llevaba un tridente en las manos.

"Cómo pude pensar que eran ángeles", me dije. "Son demonios. O quizá fueron ángeles que terminaron convirtiéndose en demonios".

Empezaban a descender. Se paraban a los pies de la cama, en el respaldo, sobre los barrotes, a mi lado, junto a la almohada.

"Me están cercando".

Sus ojos se descaraban y me veían con maldad.

Todos llevaban un tridente y me apuntaban con él.

La luz adquiría un tono rojizo.

—¿Qué les he hecho? —preguntaba suplicándoles compasión—. Si los manda Dios Nuestro Señor regresen al cielo a anunciarle que ya me voy a portar bien.

Uno de ellos, el que estaba junto a la almohada, se adelantaba unos pasos hasta quedar frente a mi nariz.

—El cielo y el infierno son lo mismo, idiota —me decía con una vocecita aguda—. Y ahora vamos a acabar contigo para que aprendas a no andarnos invocando.

—¡Yo no los invoqué! —contestaba, desesperado. Alargaba una mano, pero al ir a tocarlo era de nuevo la burbuja que estallaba y sólo dejaba un flashazo azul.

Entonces todos se me echaban encima y me clavaban sus tridentes.

Trataba de ponerme de pie pero descubría que me habían amarrado a la cama con un finísimo hilo blanco. Tenía los brazos en cruz.

De niño me impresionó mucho la lectura de *Gulliver*. Algo debe de haber dejado en mi inconsciente, porque después le encontré una estrecha relación con aquel ataque de *delirium tremens*.

Uno de los angelitos brincaba a mi pecho y levantaba su tridente como una bandera.

—¡A la lengua, vamos primero a la lengua!

Corría hasta mis labios y me los pinchaba. Otros lo seguían y me clavaban los tridentes en los cachetes y en la barbilla. Yo no soportaba el dolor pero no me atrevía a gritar porque si abría la boca pescarían mi lengua.

—¡Ábrela, perro roñoso! —me gritaba el angelito que parecía hacer las veces de capitán del grupo—. ¡Ábrela, cerdo inmundo, bazofia de los infiernos! Te vamos a cortar la lengua para que no sigas escupiendo blasfemias.

Gemía y con los ojos les suplicaba compasión.

—Si no abre la boca tendremos que irnos directamente a los ojos —decía otro.

—O empezar por castrarlo. Yo voto por castrarlo de una buena vez —decía un angelito que estaba a los pies de la cama.

—Calma —interrumpía el capitán—. La orden fue primero cortarle la lengua, con la que empezó a pecar.

Yo movía la cabeza a los lados. Hubiera querido explicarle que nunca juré en falso, que no maldije a nadie ni fui mentiroso.

—Hagámosle cosquillas —sugería uno de ellos—. Haciéndole cosquillas terminará por abrir su boca puerca.

Entonces empezaban a hacerme cosquillas en las axilas y en las plantas de los pies.

Yo *sabía* que no podía moverme y mantenía los brazos en cruz. La risa se me quedaba adentro, sentía como si me llenara de aire y fuera a reventar.

Por fin soltaba una carcajada y en ese instante el capitán clavaba con puntería su tridente en la punta de mi lengua y la jalaba. Varios tridentes más iban en su ayuda.

Mi lengua se alargaba hasta cerca del techo.

—Tus palabras te condenaron —decía el capitán, volando hacia atrás, estirando cada vez más mi pobre lengua.

No soporté la angustia. Creo que perdí la conciencia. Cuando volví a abrir los ojos, los angelitos eran moscos volando a mi alrededor. Luego también éstos desaparecieron y comprendí que estaba solo, en un cuarto de hotel al que había ido a refugiarme por un pleito con mi esposa.

Yo, que nunca he sido religioso, salí desesperado a buscar una iglesia. Le conté a un sacerdote lo que acababa de sucederme. Estábamos solos en la sacristía y me sentí más tranquilo. Me preguntó por qué bebía tanto y qué despertaba mi culpa, simbolizada por la lengua que iban a arrancarme. Entonces le conté de mi esposa.

—Le he dicho las cosas más espantosas que pueda imaginarse —confesé—. Nuestra relación es un infierno.

Me aconsejó que pensara en Dios, que dejara de beber, que cimentara nuestra relación en la comprensión y en el amor tranquilo. Lo que yo descubrí aquel día fue algo muy distinto: que mientras continuara al lado de ella no podría dejar el alcohol.

No sé por qué empecé a beber. Pienso que como todos: porque el alcohol es parte consustancial de nuestra vida social. El problema es que de repente, cuando menos lo esperamos, de esclavo se transforma en amo y señor. Así es con todo, ¿no? Desde hace años trabajo con máquinas computadoras: no me extrañaría que un día salieran de la pared, devoraran a los técnicos que las manejamos y empezaran a vivir su propia vida. Es como si cada cosa, aun las que parecen inanimadas, encerraran un Frankenstein en potencia. Tengo un amigo que creó tal dependencia hacia la Coca-Cola que entraba en aguda crisis de angustia si no tenía una a su lado. ¿Y los barbitúricos? ¿Y el tabaco? ¿Y la televisión? Entregamos nuestra vida a las cosas y luego nos sorprendemos de haberla perdido.

No quería reconocer que había dejado de ser dueño de mí mismo. Bebía desde que despertaba, veía alacranes en la tina del baño, repentinas grietas que se abrían en la pared, las calles se me transformaban en toboganes por los que me iba de cabeza, ¿pero yo alcohólico? ¿Por qué?

Mi inconsciencia fue en aumento: por lo tanto, era un ser cada vez más estúpido. Contagié a mi esposa: de repudiar el puro olor del alcohol terminó por beber al parejo mío. En una ocasión, ya borrachos y después de una relación sexual especialmente intensa, le dije que me pidiera una prueba de amor, la que fuera. Lo pensó un momento con un dedo en los labios y unos ojos en los que nacía la morbosidad y contestó:

—Que te descuelgues por una cuerda hasta la calle.

Me quedé con la boca abierta. Vivíamos en un quinto piso. Descolgarse por una cuerda hasta la calle era un acto suicida. Qué dolor comprobar que deseaba deshacerse de mí. El alcohol había minado profundamente nuestra relación, a pesar de que, por otra parte, era el último lazo que nos unía.

—El problema es la cuerda —argumenté—, ¿de dónde la sacamos?

—Entonces ya sé. Mira, ven.

Me llevó a la ventana. La abrió. Señaló la cornisa.

—Párate en esa orilla. Yo hago como que estoy dormida y tú eres un enamorado que llega a conquistarme, ¿sí?

Pararse en una cornisa de un quinto piso, y borracho, es de veras una prueba de amor... y una estupidez. Pegaba las manos a la pared y cerraba los ojos, pero aun así sentía que me caía.

Lo que me calentó la sangre fue oír su risa.

En lugar de asustarse se reía, cómo era posible. Entonces empecé a dar pequeños pasos a los lados, a ver si así la preocupaba, alejándome de la ventana, como si nadara mar adentro, reduciendo cada vez más las posibilidades de regresar.

Quedé entre las dos ventanas.

Abrí los ojos un momento y me atreví a mirar hacia abajo. Nunca debí hacerlo. Las luces de los faroles y de los autos de juguete eran una invitación a acabar de una vez, a entregarse al vacío y al silencio. Sentí que no podía moverme y estaba sudando a chorros.

Ella continuaba con sus risas malditas.

Hasta eso, si no hubiera sido por el coraje que me provocó su risa, a lo mejor de veras me caigo.

Cerré de nuevo los ojos y regresé, siempre con las palmas de las manos deslizándolas muy lentamente por la pared.

Entré por la ventana con la sensación de haber vuelto a nacer. Ya no estaba borracho. Creo que fue un momento de profunda lucidez porque aprecié lo que valía mi vida y cómo jugaba con ella.

"¿Qué he hecho, Dios mío?", me dije mirando por la ventana la cornisa donde había estado parado, como en el filo de una navaja. "Estoy loco. Estoy loco y soy un irresponsable." Esas deducciones se transformaron en una furia incontenible. Mi esposa continuaba con sus risas y dijo que me veía chistosísimo ahí parado, como lagartija asustada. El primer golpe que le di fue con la mano abierta, apenas una cachetada. Me miró sorprendida. El segundo ya fue con el puño. Cayó al suelo y le di una patada en la cara (estaba yo descalzo). Empezó a llorar y mi odio se transformó en una ternura dolorosa. Me hinqué junto a ella y le pedí perdón. Tenía los ojos y la boca hinchados y se los besé largamente, la abracé, hundí mi cabeza en su pecho y yo también lloré.

¿Sabe qué le dije? Es como para no creerlo. ¡Qué si me lo pedía volvía a caminar por la cornisa! Por suerte dijo que ya no, porque seguro habría vuelto a salir por la ventana, a sudar frío, a caminar de lado con pequeños pasos hasta quedar entre las dos ventanas, a abrir los ojos y a mirar la atracción del vacío, de estrellarme en el cemento y acabar de una buena vez. Eso habría vuelto a hacer si no es porque ella dijo entre sollozos que ya no. Todavía se me enchina el cuerpo de acordarme.

¿Le da ese hecho una idea clara de lo que era nuestra relación? Podría contarle otros por el estilo, igualmente peligrosos: por ejemplo, acelerar el auto a 170 kilómetros por hora en la carretera de Cuernavaca porque íbamos discutiendo y le dije que lo mejor sería matarnos juntos.

En otra ocasión, sólo para hacerme enojar, empezó a coquetear con un amigo. Los golpeé a los dos brutalmente y luego fui al baño a cortarme las venas. Ellos mismos me vendaron las muñecas.

Una noche, también después de una apasionada relación sexual, le puse una pistola entre las cejas y la obligué a contarme con detalle las relaciones amorosas que tuvo antes de conocerme. Mi índice temblaba sobre el gatillo al escuchar las intimidades que vivió con otros hombres. Estuve a punto de disparar, ahora lo sé. Y enseguida habría llevado la pistola a mi sien para seguirla al más allá, fuera el que fuera.

No teníamos hijos y nuestra vida se reducía —como paredes que se van estrechando— a encerrarnos en nuestra casa a beber y hacer el amor. Amigos y familiares se alejaron de nuestro lado. Por supuesto, para que se forme un cuadro completo tendría que agregar la ternura, la afinidad de gustos, la pasión con que lo envolvíamos todo. Pero el alcohol se encargó de quitar esas envolturas y dejar una enfermedad y un odio descarnados.

Después de un conflicto, como hubo tantos, salí del departamento y fui a un hotel. Ahí viví el ataque de *delirium tremens* que le narré. El susto me sirvió para tomar una decisión: divorciarme, sólo así podría dejar de beber.

Sin verme, ella también ha podido curarse. Algún día vamos a regresar porque nos amamos, pero será en circunstancias muy distintas.

II

Lo conocí en el grupo Bolívar de AA. Cuando se acercó con otros compañeros por el cuestionario que había yo elaborado sobre *delirium tremens* dijo que sólo iba a una junta al mes, por lo cual, si me urgía, tendría que mandármelo a mi casa o a mi oficina. Era bajito y delgado, con unos ojos pequeños y penetrantes detrás de los lentes de aro de metal, el pelo engominado con una perfecta raya a un lado, vestía de traje y chaleco.

—Me gustan las preguntas —dijo con la mirada clavada en la hoja—. Sobre todo por escuetas y claras. Aunque... en fin, no entiendo muy bien el sentido de su encuesta, pero voy a contestar. Creo que lo mejor será que tome su teléfono y lo llame pasado mañana. ¿Las visiones tienen que ser sólo las del *delirium tremens*?

—Cualquier visión que haya provocado el alcohol.

—¿Pero sólo las que haya provocado el alcohol?

—Quiere usted decir: ¿o alguna droga?

—No. Quiero decir que si le interesan las visiones que surgen sin necesidad de un estímulo exterior.

Sin necesidad de un estímulo exterior: parpadeé.

—Por supuesto. También me interesan.

Sacó una libreta de direcciones forrada en piel y con una letra parsimoniosa anotó mi nombre y mi teléfono.

—Lo llamo a las ocho en punto para decirle a qué hora y en dónde puedo entregárselo, ¿le parece? Mi nombre es Gabriel.

Me miró con fijeza por encima de los aros de metal, esperando una respuesta tan concreta como su pregunta. Sus labios parecían inmutables; incluso al hablar se entreabrían apenas, como si protegieran algo interior. La solemnidad de su aspecto y de su trato formaban enseguida una barrera y uno sentía que entablar cualquier comunicación con él era aceptar sus reglas: hablar sin sonrisas, sin rodeos, sin esa paja que matiza la conversación y puede ser el verdadero mensaje.

Dobló cuidadosamente la hoja y la guardó en el bolsillo interior de su saco, dijo un "Gracias, señor Solares", de lo más seco y se marchó. Me fijé que al salir no se despidió de ninguno de sus compañeros. A pesar de que el Bolívar es el grupo más grande de AA en el Distrito Federal, y que constantemente llegan nuevos candidatos, la tendencia general es a hablar y a hacer amistad unos con otros. El lazo interior que los une es determinante: el alcohol. En realidad la junta se prolonga en los comentarios de la despedida, notoriamente cariñosos, o en la charla del café o de la cena. La palabra tiene en AA —al igual que en el psicoanálisis y en la confesión religiosa— un poder mágico. El alcohólico anónimo comulga en cada junta al decir su experiencia y al escuchar la de sus compañeros. Como ha escrito Kurt Vonnegut:

"Alcohólicos Anónimos le da a uno una extensa familia que está muy próxima a la hermandad de sangre porque todos han pasado por la misma catástrofe. Y uno de los aspectos encantadores de Alcohólicos Anónimos es que hay mucha gente que se hace miembro y no son borrachos, simulan ser borrachos porque los beneficios sociales y espirituales son muy importantes. Pero ellos hablan de problemas verdaderos de los que por norma no se habla en una iglesia. Gente que sale de la prisión o que se recupera del hábito de las drogas debe de guardar la misma sensación: gente que regresa al mundo y que sólo quiere la camaradería, la fraternidad o la hermandad, que quiere una familia extensa."

Dos días después, Gabriel me llamó a las ocho en punto. Me había acostado a las cuatro de la mañana y su voz me sonó aún más lejana y opaca de lo que ya era.

—Lo siento, señor Solares. No puedo contestar su cuestionario.

—¿Por qué?

—En fin, es largo de explicar. Simplemente no puedo y quise avisarle.

—Le agradezco. Tal vez podamos grabarlo. O platicar un poco antes.

—La verdad, no entiendo muy bien el sentido de su encuesta. ¿Cómo va a poder uno escribir en un cuestionario lo único sagrado que le ha sucedido en la vida?

—¿Lo único sagrado que le ha sucedido?

—Así lo veo yo. Algunos lo ven diabólico. Yo lo veo sagrado. Entonces como que no es material para un reportaje periodístico.

—Lo platicamos, ¿le parece? ¿Dónde lo puedo ver?

—Por desgracia soy esclavo de un rígido horario de oficina. Entro a las nueve y salgo a las dos. Entro a las cuatro y salgo a las seis. Si quiere nos vemos hoy a las seis y media en el café La Habana, en Bucareli y Morelos.

—¿Podría ser a las ocho?

Lo pensó un momento.

—Lo siento, pero no. A las ocho ya debo estar en mi casa.

—Muy bien. Entonces nos vemos ahí a las seis y media.

Yo también tenía un horario de oficina, aunque flexible, y una cita en Bucareli y Morelos a esa hora partía la tarde. Además, me faltaba un buen número de casos por grabar, a una hora cómoda y en los grupos de Alcohólicos Anónimos o en el sanatorio Lavista (sanatorio psiquiátrico del Seguro Social). Pero la pregunta de Gabriel de si me interesaban las visiones que no necesitan de estímulo exterior y el comentario por teléfono sobre la procedencia sagrada de tales visiones era una invitación a entrevistarlo en cualquier sitio y a cualquier hora. Me "latía" su formalidad: llamar sólo para disculparse por no poder contestar el cuestionario. De cada diez que entregaba me contestaban uno, y los nueve restantes por supuesto no se disculpaban.

El café La Habana, con su ruido de tertulia como zumbido de abeja, parecía más apropiado para una entrevista con un torero que con un hombre que ha padecido *delirium tremens*. Cuando llegué —a las seis treinta y cinco— Gabriel ya estaba ahí y al verme se puso de pie muy serio, alargó el brazo para mostrarme su reloj de pulsera y comentó:

—Pensé que ya no venía.

—Son cinco minutos de retraso, discúlpeme.

—Es el tiempo justo que espero a alguien y que espero que alguien me espere a mí —lo dijo en un tono odioso, como de maestro de escuela oficial.

—En esta ciudad, con este tránsito, es un poco rígido, ¿no?

—Por eso no acostumbro hacer este tipo de citas. Los que me conocen saben a qué atenerse. El que espera no tiene la culpa de la ciudad y del tránsito, y lo humanamente soportable es esperar cinco minutos y marcharse.

Pensé en el coraje que me hubiera dado llegar a las siete y diez, no encontrarlo, y esperar yo media hora. Se lo comenté.

—Sería una tontería de su parte si hubiera esperado media hora. Lo lógico habría sido que se marchara al no verme.

—Por lo visto partimos de una lógica muy distinta.

—La distinta es la mía, lo sé. Pero mientras no afecte a otro puedo continuar con ella el tiempo que me venga en gana.

Era de una pedantería insufrible.

Pedí un té, y él, otro café.

Caímos en un silencio tenso, duro, que contrastaba con las conversaciones acaloradas de nuestro alrededor. En la mesa contigua, un hombre subrayaba con ademanes bruscos lo que relataba a sus interlocutores. Afuera estaba en pleno la barahúnda de la salida de las oficinas, y de pronto un chirriar de frenos o un claxon producían punzadas en los oídos. La única protección posible contra el ruido era adentrarse en una conversación, oír una sola voz, encontrar un centro para el cual el resto es relativo. Sin embargo, parecía que a Gabriel le bastaba encerrarse en una como esfera de cristal, refractaria a las molestias que llegaban del exterior.

—¿Viene seguido a este café? —pregunté por preguntar algo.

—Nunca.

Luego agregó:

—Hace años vine un par de veces.

Y después de una nueva pausa:

—En realidad no acostumbro ir a cafés.

—Me pareció extraño que eligiera un sitio como éste.

—Queda cerca de mi casa y es fácil de ubicar.

Miré a los lados y jugué los pulgares, haciéndolos girar; cambié de postura y me acaricié la barba. Nos sirvieron el café y el té y le ofrecí un cigarrillo. Lo aceptó con indiferencia, alargando la mano y sin cambiar la expresión dura de sus ojos.

Por fin preguntó:

—Ya en serio, ¿para qué la encuesta?

—¿Por qué el "ya en serio"?

—Porque no entiendo si tiene un fin científico, periodístico, o qué.

—Digamos que periodístico. Pero sobre todo es un interés personal: el de que alguien, en un mundo como éste, pueda tener una visión con los ojos abiertos, sea por la causa que sea.

Me miraba echando la cabeza hacia atrás, como a través de un catalejo, con la distancia acentuada por la nube de humo que lo envolvía.

—Le voy a confesar algo —dijo—: desconfío tanto de lo científico como de lo periodístico. El ruido que hacen acerca de las cosas más obvias me molesta más que el ruido de esos camiones —y señaló hacia la calle.

Siempre he admirado a quienes poseen convicciones "firmes" sobre las cosas, pero difícilmente los soporto. Prefiero la duda. Permanecí en silencio, mientras él agregaba:

—Habría que acostumbrarse al silencio de Dios en lugar de llenarlo con tonterías.

—¿Cree en Dios?

Sus ojos pequeños destellaron atrás de los aros de metal. El gesto duro de sus labios se acentuó:

—¿Qué es creer en Dios?

—Bueno, pues eso, creer en Dios.

—Qué importa creer o no creer. Con Dios hay que hablar.

La taza de té quedó suspendida frente a mis labios.

—Y usted... ¿ha hablado con Dios?

—Por supuesto.

Parpadeé. Ya no me importó su pedantería y mi derredor se transformó. Los ruidos llegaban de un mundo lejano —de allá, de una herrumbrosa calle llamada Bucareli, en la que nadie se atrevería a afirmar que había hablado con Dios.

—¿Y usted de veras cree que habló con Dios?

—Claro que lo creo. Gracias a que lo creo he podido luchar contra mi alcoholismo.

Hice un comentario estúpido, tratando de ocultarlo con una sonrisa:

—Entonces Dios existe, quién iba a decirlo.

—Vaya que si existe. Lo tenemos en todo momento frente a nuestros ojos y no queremos reconocerlo. A veces —como en mi caso— hay que llegar al fondo del infierno para darse cuenta.

Me entusiasmé. De repente todo adquiría sentido: la encuesta, la cita en el café La Habana, su pelo engominado, el cuestionario, la llamada a las ocho de la mañana, sus labios inmutables que parecían proteger algo interior.

Clavó los ojos en la taza de café. Le ofrecí otro Viceroy. Las cosas brillan cuando se interesa uno en ellas.

—Cuénteme.

III

De pronto la voz estaba ahí, como una visita inesperada. Llevaba varios meses sin dejar de beber y dentro de una aguda depresión. Despertaba a media noche con palpitaciones y sudando frío y sólo una copa podía curarme. Una mañana desperté especialmente fatigado por la angustia y las pesadillas y oí clarito que una voz decía dentro de mí:

—Pendejo, eres un pobre pendejo.

Busqué a mi alrededor, aterrado, pero estaba yo solo en la pieza; mi esposa acababa de levantarse y andaba en el comedor dando de desayunar a los niños.

Fui al baño y, ya en la regadera, volví a oírlo: pobrecito de ti, pobrecito de ti, pendejo.

Trabajo de chofer de taxi desde los veinte años. Ahora tengo cincuenta y tres. Desde mi primera borrachera, la copa fue un problema porque me transforma. En una reunión de fin de año golpeé a mi cuñado sin razón aparente. Simplemente me paré de la mesa y le dije que si era hombre saliera a la calle para golpearnos. Nadie, ni yo mismo, sabía por qué.

Y es que no soy yo. De veras no soy yo.

La pobre de mi esposa se las ha visto negras. Como dice, está casada con un hombre que en realidad es dos hombres, y la transformación se produce simplemente con un poco de alcohol. Uno, el que se dedica a su familia, amoroso y tranquilo, y el otro el que avienta los platos porque dizque no le gusta la comida o la golpea cuando no quiere hacer el amor o regaña injustamente a los niños. Dos personas en una sola. Ésa es mi enfermedad.

Una copita antes del desayuno, otra a media mañana, dos o tres antes de comer y otras tantas por la noche y, claro, la que me cura cuando despierto angustiado. Tequila es lo que me gusta.

Nunca he dejado de darle duro a la chamba. Crudo o no crudo, a las siete estoy todos los días en el sitio. Así he sido siempre, y por eso pienso que voy a curarme. Es la primera vez que me internan en un sanatorio. Y en realidad fue porque no soporté más la maldita voz. Ya llevaba días de atosigarme, de ordenarme las cosas más absurdas del mundo. Y lo peor: que surge más aguda cuando no bebo. Entonces se ensaña. Una copa la adormece, pero como trato de dejar de beber se vuelve un círculo vicioso: el alcohol me enloquece, pero la falta de alcohol también me enloquece.

El doctor dice que tenga paciencia, que voy a salir. Que la voz se va a marchar si de veras dejo de beber. Porque así no podría seguir viviendo, le juro que no podría.

Estoy con hambre frente a un sabroso platillo y voy a dar el primer bocado cuando viene la orden: no comas. Y ya no hay manera de tragarlo. O estoy a punto de conciliar el sueño cuando me anuncia: esta noche no pegarás los ojos. Y no los pego. Una tarde estaba en una cantina, conversando con un amigo, y la orden fue: desmáyate. Y empecé a marearme y a los pocos minutos me fui de boca contra la mesa.

Y así, muchas otras cosas.

He tratado de identificarla, pero es una voz que no había oído antes. Aunque en una ocasión me pareció que era la de mi hermano mayor, con el que viví hasta los trece años. Mi padre murió cuando éramos muy niños y él tomó las riendas de la casa. Era muy regañón y me fueteaba. Casi no lo he vuelto a ver. Pero aunque se pareciera su voz, ésta que traigo dentro es mucho peor. No hay manera de desobedecerla, de hacerle trampa. Una noche, de la desesperación, me golpeé un oído hasta reventarlo. No conseguí nada, por supuesto, porque la voz surge de quién sabe dónde, del alma yo creo.

Además, a veces no es una sino varias voces.

Casi le diría que a veces es un verdadero griterío el que traigo dentro.

Estúpido, imbécil, pendejo, bueno para nada, inútil. Todos los insultos que pueden imaginarse a la vez. O haz esto, haz lo otro, da vuelta aquí, da vuelta allá. La cantidad de problemas que me he creado cuando ando en el taxi. Una de las razones de internarme aquí es que ya era casi imposible manejar. He chocado varias veces y por suerte no me he matado, pero he estado a punto. Y no porque vaya borracho. Borracho, borracho no la oigo. Es sólo cuando ando a medios chiles, como dicen. O cuando trato de dejar de beber.

Y también son risas. Carcajadas. Voy muy serio, con algún pasajero al lado, conversando de algún tema interesante (me gusta entablar plática para aligerar el trabajo) y empiezan dentro de mí las carcajadas. Como burlándose, como diciendo: tú qué sabes de esto, tú qué sabes de nada. Me dan ganas de bajar del auto y romperme la cabeza contra el pavimento. No sé por qué, pero de eso me dan ganas.

En una ocasión me ordenó: mátate. Compra una pistola y mátate. No hice caso, la prueba es que estoy aquí, pero casi hice caso. Ya andaba buscando una pistola por las tiendas del centro. Imagínese. Se lo conté a mi esposa y ella me comprendió. Hasta eso, ella me ha comprendido siempre. Averiguó que en este sanatorio podían curarme. Primero me resistía. Pensé que iban a encerrarme como a un loco, a amarrarme y esas cosas. Pero me aseguraron que no. Y mi esposa me dijo: hazlo por tus hijos. Y sí, por ellos lo hago, y porque o me curo o a lo mejor de veras un día de estos obedezco la voz y me doy un balazo. Hasta podría matar a mi mujer y a mis hijos. No quiero ni pensarlo.

La primera noche que pasé en el sanatorio fue horrible. Me dieron una pastilla y dormí unas horas tranquilo. Pero luego me desperté y empecé a oír un ruido muy raro, como el chirriar de un fierro con otro, y pensé: ahí andan los enfermeros preparando los aparatos de tortura, no sé por qué lo pensé. Pero enseguida oí clarito:

—Tráiganse al gordito para darle su merecido.

Y estaba seguro de que era la voz de uno de los enfermeros.

Luego vinieron las carcajadas y los murmullos.

Pensé: me van a arrancar las uñas. Y luego me van a meter en agua hirviendo hasta que me despelleje. Y me van a arrancar mechones de cabellos y a romperme todos los huesos, uno por uno.

Y casi empecé a sentir que me lo hacían.

Me puse a gritar suplicándoles que no lo hicieran. Le pedí a Dios que me ayudara. Juraba y juraba no volver a ser malo. Volverme buen padre, buen marido, buen ciudadano. Quién sabe cuántas cosas juré.

Luego se fueron alejando los ruidos y las voces. Y en estos tres días he estado un poco más tranquilo porque no han regresado. El doctor Elizondo me ha ayudado mucho y también los de AA. Pero le confieso que tengo mucho miedo. Qué tal si de veras, como me dijo un día, la voz no se va nunca.

—Voy a estar contigo hasta que te mueras, pendejo.

Le estaba suplicando que me dejara en paz y oí clarito esa respuesta.

Qué tal si de veras nunca me deja en paz.

IV

—¿Qué quiere que le cuente?

—Esas conversaciones con Dios.

Entrelazó los dedos frente a la cara como para acentuar la distancia. Un brillo de desconfianza nació en sus ojos. Encendió el cigarrillo y lo dejó en el cenicero.

—¿Para qué? Nadie lo va a creer. Imagine que mañana aparece a ocho columnas en un periódico: un hombre habló con Dios. ¿Qué pensaría usted? Que se trata de un loco, ¿no?

—Es probable. Pero si en los siguientes días continúan apareciendo noticias sobre hombres que hablaron con Dios quizá termine por creerlo. Y lo que es mejor: hasta yo mismo podría sentirme predispuesto a hablar con Dios.

—Todo esto es tan absurdo —miró despectivamente a su alrededor—. Palabras vacías. Movimientos vacíos. Gesticulaciones, ademanes, ir y venir. ¿Para qué?

Frunció la nariz y una arruguita apareció entre sus cejas:

—¿Usted ha percibido ese hueco?

Ahora fue la dureza de los labios, que acentuaba las comisuras, en algo que quería ser compasión, pero que continuaba transmitiendo una sensación de asco:

—Es lo peor que le puede a uno suceder, se lo aseguro: percibirlo.

Largas pausas. Como si las palabras tuvieran que atravesar un largo recorrido interior:

—No soy un santo. Hablé con Dios. Sé que hablé con Dios, pero no soy un santo.

Los ojos fijos en el café. Igual se clavaban en los objetos que parecían desentenderse de ellos, de todo.

—Me falta humildad, la bendita humildad. Todavía me rebelo a tanta estupidez. No la soporto. Por eso vivo solo. Por eso no tengo amigos. Por eso no veo a mi mujer y a mis hijos.

—¿Qué tienen que ver con esa rebelión sus hijos?

—Verlos implica condescender, adaptarse a un mundo concreto y lógico para ofrecerles un mundo concreto y lógico que, según dicen los psicólogos, es lo que necesitan los niños, ¿no?

—Lo que necesitan los niños es cariño, ¿no? Y muy especialmente el cariño de un padre.

Ahora sí suspiró con verdadera tristeza.

—Yo no puedo ser el padre de nadie. Antes tendría que aprender a ser el padre de mí mismo.

—Ellos podrían enseñarle, quizá.

Me miró con desconfianza.

—¿Cómo?

—Pues sí, amándolos, interesándose en sus pequeños intereses...

—Usted no me entiende.

Tragué gordo. Sentí que estábamos en un punto de la conversación en el que igual podía hacerme las confesiones más íntimas que hastiarse y mandarme al demonio.

—No, no lo entiendo. No entiendo su llamada por teléfono simplemente porque no pudo contestar mi cuestionario. No entiendo su enojo porque llegué cinco minutos tarde. No entiendo que haya hablado con Dios y no entiendo por qué relaciona la rebelión con no ver a sus hijos —palabras que deben de haber traslucido con gran claridad mi timidez y desconcierto.

Una ironía amistosa, que enseguida me tranquilizó, nació en sus ojos. Combinación misteriosa de burla, hastío, ternura, condescendencia.

—Mire amigo Solares, nadie que haya bebido lo que yo bebí puede quedar muy normal del coco. Y le voy a decir algo más: ninguno de los que estamos en Alcohólicos Anónimos somos normales. Es nuestra anormalidad la que nos obliga a ir ahí —y levantó un índice que subrayaba la frase—. Fíjese en lo que digo: la que nos obliga. Todos vamos por necesidad. Porque la disyuntiva es radical: AA o la muerte.

Puso sus ojos en el techo. Lo seguí. El humo formaba un tejido transparente que se elevaba y distendía al llegar a la luz.

—Podría ser cualquier cosa que simbolizara la vida —continuó—. Una iglesia. Un hijo. Una mujer. Una profesión. Pero es tan común que el alcohólico pierda iglesia, hijos, mujer y profesión, que sólo le queda ese reducto de derrotados en donde la mística es reconocer que el alcohol es más fuerte que nosotros. La mística del fracaso. Del todo está perdido, sálvese el que pueda y cualquier cosa que se rescate será bienvenida. La existencia, por ejemplo. Repetimos en cada junta nuestro fracaso para recordar que lo único rescatable es nuestra propia vida, desnuda y miserable, pero vida palpitante al fin y al cabo. Lo que no haga por mí mismo no lo va a hacer nadie. Usted sabe, una de las tendencias más comunes del alcohólico es echarle la culpa de su enfermedad al primero que encuentra a la mano: padre, madre, esposa, hijo, amigo. Y la excusa es siempre la misma: me volví alcohólico porque no me amas... —movió ligeramente la cabeza a los lados, como si no quisiera decir lo que iba a decir—. El reverso de todo ello es la soledad, ya no echarle la culpa a nadie pero a cambio de la soledad. Aunque a veces se disfrace de compañía, reencuentro o realización social. Ningún alcohólico que lo haya sido de veras vuelve a adaptarse. Hay una huella. ¿Es una persona normal la que tiene que repetirse cada vez que abre los ojos que en las próximas veinticuatro horas no beberá?

Desprendió un índice de la trenza que había formado con los dedos, y lo dirigió hacia mí.

—Mire, si en algún momento sentimos tan hondamente que la causa de nuestra enfermedad son los otros, aunque nos curemos, la cicatriz queda para siempre. De acuerdo, no fue porque mi mujer me abandonó por lo que empecé a beber, o porque mi madre no me quería, de acuerdo, fue porque desde siempre fui un alcohólico en potencia; ah, pero cuidado cuando vuelva a ver a mi mujer, y cuidado cuando vuelva a sentir el desamor de mi madre: por si acaso, habría que persignarse antes de mirarlas. Sus ojos esconden el más horripilante de los espejos, el que refleja nuestra última mirada, y sus manos, estamos seguros, son las manos que nos van a cerrar los ojos.

Y saltó bruscamente a una cita literaria:

—¿Cómo va ese poema de Pavese: "vendrá la muerte y tendrá tus ojos"?

Lo pensó un momento y con un movimiento de la mano, como si espantara una mosca, dio por cancelada la pregunta:

—En fin, no lo recuerdo. Creo que ni siquiera lo leí completo y en alguna parte vi ese verso solo. Ah, pero le decía... ¿Qué le estaba diciendo?

¿Cuál de todos los hilos pedirle que retomara?

—Que habría que persignarse antes de mirar a la persona por la que, creemos, empezamos a beber.

—Sí. Usted me entiende. Persignarse es una metáfora torpe. El asunto es de lo más complejo. Usted vea a aquella persona y, claro, ya no es ella, pero en el fondo sí es ella. Vamos a dejar de beber porque es nuestra vida la que está de por medio; ah, pero en cierto momento con cuánto gusto habríamos dado esa vida a cambio de que nos amaran como queríamos que nos amaran. Cicatrices, amigo mío, cicatrices que se van a quedar ahí para siempre.

Iba a decir algo pero no me dejó.

—Empezamos a beber porque no nos amaban y dejamos de beber porque reconocemos que nadie nos va a amar si no empezamos por amarnos a nosotros mismos.

Y de golpe saltó a una pregunta que no había necesidad de formular:

—¿Puedo contarle algo?

—Por supuesto. Puede contar lo que guste.

—Siento verdadero terror de volver a ver a diario a mi mujer y a mis hijos. Los veo a veces, sí, pero la vida cotidiana es otra cosa. Es tan frágil la coraza con que me he recubierto para protegerme...

Hacía un instante era modelo de firmeza y ahora parecía a punto de llorar.

—Quiero endurecerme. Qué difícil es endurecerse, ¿verdad?

—¿Qué es para usted endurecerse?

—Que ya no me hiera tan fácilmente lo que viene de fuera. Si usted supiera...

—Si supiera qué.

—Mi debilidad. Mi infinita debilidad.

—¿No le ayudó... haber hablado con Dios?

—Es lo que a usted le interesa averiguar, ¿verdad? Cómo fue que hablé con Dios. Morbosidad de periodista.

—Le aseguro que no sólo de periodista.

—Bueno, yo no entiendo su maldita encuesta. ¿Cómo voy a escribir en una simple hoja de papel mi descenso al infierno, en el que además estuve a punto de perder la vida?

—Cuéntemelo. Podemos grabarlo.

—No soportaría hablar de eso frente a una grabadora.

—Lo escribo.

—Tampoco lo soportaría.

—¿Entonces qué quiere que haga?

—Responda usted: ¿qué busca con esta encuesta?

—¿Qué busco? Ya no lo sé. Empecé interesándome por las puras imágenes del *delirium tremens*. Tenía la absurda pretensión de estructurarlas. En cien casos, por ejemplo, tantas apariciones de cucarachas, tantas apariciones beatíficas, tantas apariciones del demonio, etcétera.

—¿Y eso para qué serviría?

—Es justo lo que me pregunto ahora: ¿para qué serviría?

—¿Entonces?

—Tengo como setenta casos grabados. Voy a elegir diez, los escribo y a ver qué sale.

—¿Y cómo los escribe?

—Contados en primera persona.

—Qué tontería. Los enfría, los vuelve impersonales.

—¿Cómo sugiere entonces que los escriba?

—Intervenga usted, conviértalos en un diálogo cálido, humano, vital. No los grabe, no los anote en una libreta como reportero, como si estuviera entrevistando a personajes de circo. Grábeselos en la memoria y luego páselos a la máquina. Y no busque cifras, no sirven de nada.

Sentí deseos de decirle que yo sabía cómo realizaba mi trabajo, pero la verdad es que me encontraba en un bache respecto de cómo llevar la encuesta a la máquina, y como me interesaba sobremanera su personalidad y el hecho de que, decía, había hablado con Dios; recurrí a un diplomático agradecimiento por su consejo y agregué que si así lo deseaba le mostraría el original de su caso antes de publicarlo.

—No es eso, entiéndame. Me importa un pepino lo que ponga sobre mí. Con tal de que no me identifiquen puedo contarle lo que quiera. Es por usted. Para que resulte más interesante su trabajo.

Volví a agradecérselo, aún con mayor efusividad.

—Dialoguemos —prosiguió—. Cuénteme de usted. Yo le cuento de mí. Haga preguntas. Interrumpa. Arriésguese. Odio los monólogos.

—Usted empieza.

—No. Usted debe empezar. ¿Por qué le interesa tanto el tema? Es por usted, y no por mí, por lo que estamos sentados en esta mesa de café, hablando de alcoholismo.

—En fin. Quizá responda su pregunta saber que mi padre es alcohólico, al igual que cuatro de sus seis hermanos. Una noche tuvo un ataque de *delirium tremens*. Decía que a los pies de su cama estaba sentada su hermana, muerta hacía más de quince años. Parecía hablar con ella. Nunca olvidaré el brillo entre ausente y angustiado de sus ojos. Luego entró en AA y dejó de beber. Lo mismo que uno de sus hermanos, cuyo caso voy a incluir en el libro. Pero faltan tres: la hermana que le menciono, que murió de cirrosis a los treinta y cuatro años, producida por el alcohol; otro hermano, persona de gran calidad humana, que también afectó en forma determinante su salud con la bebida y que murió a los cincuenta y tres años; y por último, quizá el caso más triste, un hombre al que en apariencia se le dio todo: inteligencia, simpatía, salud, buena presencia, y a quien usted hoy no puede recibir en su casa porque si le niega una copa se bebe las lociones. Todo esto además de mi gusto —¿herencia?— por el ron.

—Bah, cuál herencia. En esto no hay herencia. Y en lo que me cuenta de su familia no hay nada de particular. Hay cientos de miles de casos peores, en los que desde el abuelo hasta el último de los nietos son alcohólicos. ¿Y? En nuestro medio el alcoholismo es sólo un reflejo de la neurosis en que vivimos. Usted no quiere reconocer que su interés por el tema viene por otro lado.

—¿Por cuál?

—Por el religioso. Porque, oiga bien esto, nadie busca tan desesperadamente a Dios como el alcohólico —dio un ligero manotazo sobre la mesa—. Pero vámonos de aquí, no soporto más esta maldita mesa de café.

Pedí la nota, pero cuando la llevaron me la arrebató.

—Quiero invitarlo —dijo, categórico.

—¿Pero por qué? Acaba de decir que estamos aquí por mi culpa.

—Pero a mí me gusta invitarles de vez en cuando un café a mis amigos —lo dijo seco, con los ojos fijos en la nota, recubriendo el sentimiento que pudiera esconder la palabra amigo.

V

Empecé a beber desde muy chico. Dormía con mi padre en los establos, junto a las vacas, abrazados y tapados con una frazada, y me daba de beber de la botella de tequila que siempre cargaba.

—Ándele, éntrele para que se vaya haciendo hombrecito.

Al principio vomitaba. Luego hasta yo mismo se lo pedía.

Me acuerdo bien raro de aquellas noches, con una sensación entre gusto y escalofrío. Las he soñado tanto que ya los recuerdos se confunden con los sueños. Son como esas fotografías que siempre trae uno consigo: en una época, cuando más sentimental he estado en mi vida, me bastaba cerrar los ojos para verme ahí. Ver la cara entre angustiada y furiosa de mi papá, su llanto, su mano huesuda sobre mí, la frazada de cuadros morados y azules, raída. Y hasta olía ese olor tan particular de los establos, y que se le graba a uno cuando es niño. Oía los ruidos de los animales. Afuera había puercos y gallinas. Y si estaba borracho, al recordar aquellas noches me soltaba llore y llore.

Y es que mi madre corría a mi padre cuando llegaba tomado. Lo corría feo, hasta de golpes le daba. Y como yo era el menor de seis hermanos (y su consentido) me llevaba con él a dormir a los establos. Mi padre decía que solo no se iba, que prefería morir a dormir solo en la oscuridad. Más de una noche la pasamos en vela porque el pobre no dejaba de llorar. Lloraba, abrazado a mí. Lloraba y bebía y me daba a beber de la botella. Entre el frío y la tristeza, pues yo también me fui acostumbrando al calor del alcohol.

Me contaba de sus cosas. Sí, de lo que sentía por mi mamá, de otras mujeres, de todo. Pero a decir verdad no me gusta hablar de aquellos secretos que confió en mí. Son confidencias que sólo Dios y él y yo. Lo que uno se lleva a la tumba, ¿no? Lo que a nadie más le concierne.

Luego mi padre murió. Yo tendría unos doce años. Me dediqué a trabajar con mis hermanos comprando y vendiendo chivas. Mencionar el alcohol en la casa era como mencionar al diablo y no supe lo que era una copa hasta muchos años después, ya casado.

Cuando me puse la primera borrachera recordé bien clarito aquellas noches abrazado a mi papá. Y, pues, me seguí de filo. Trabajaba en una carnicería y me corrieron y empezaron las dificultades con mi esposa. Una noche la golpeé... No sé por qué la golpeé, pero la golpeé. Agarró a los niños y se fue con sus padres.

Yo no tenía trabajo y empecé a vagar por las calles. Todo el día vagar sin rumbo fijo. A ratos entraba en una cantina y no faltaba quién me invitara una copa. Dormía en los parques, donde podía.

Uno de mis hermanos (el único de mis hermanos que me ha querido) me localizó por medio de un amigo común y me internó en un sanatorio. Que dizque sólo unos días. Me convenció y fui. Si he sabido jamás pongo un pie ahí. Porque qué duro fue. Cuántas cosas vi.

Siempre mis delirios fueron con animales: vacas, toros, gatos, puercos, osos, gallinas, perros... En el primero vi clarito que mi padre era un toro y se echaba sobre mí, bufando y rascando el piso con las patas así como los toros de lidia rascan la arena. Se me echaba encima y yo sentía la cornada en un costado. Era mi padre, sólo que era también un toro con cuernos y hocico y todo. Como que lo más suyo eran los ojos. Me daba la cornada en un costado y luego se echaba hacia atrás para preparar la segunda embestida. Retumbando el ruido de sus pisadas en toda la pieza. Yo grité, quién sabe cuántas cosas dije.

Entró una enfermera y la vi como si fuera una gata enorme, casi un puma, aunque yo sabía que era una gata muy crecida.

Yo suplicaba que no se me acercaran, aterrado.

Y así fueron entrando:

Mi mamá como si fuera una gallina.

Uno de mis hermanos, un perro.

Mi amigo más querido, un caballo, que relinchaba y estaba a punto de patearme.

Uno de mis hijos, un osito que apenas si levantaba unos treinta centímetros del suelo, se subía a la cama y me lamía las mejillas, y yo lo apartaba a manotazos.

El cuarto se llenó de animales que ladraban o mugían o maullaban o relinchaban o bufaban.

Desde entonces no veo la mía: siempre rodeado de animales. Anoche, aquí en el sanatorio, tuve otra aparición. Anoche mismo, como lo oye. Un chango estuvo toda la noche balanceándose en la ventana. Le pedí a la enfermera que me cerrara la ventana por lo del chango, pero siguió el maldito, como si fuera un fantasma y pasara a través del vidrio. Sólo balanceándose, pero qué molesto. Con sus ojos sobre mí.

Es la segunda vez que me internan, sí. Y de plano fue a la fuerza porque nomás de acordarme de la primera, sentía que me moría del puro miedo. En los sanatorios como que todos los animales se me echan encima de a montón. En la calle, en la casa, pues uno los va controlando, con un trago, durmiendo, distrayéndose. Pero aquí, jijo. Le digo, anoche lo del chango. Y anteanoche un búho, parado en una de las ramas del árbol que tengo frente a la ventana. Ahí tranquilo, pero nomás mirándome. Y eso ya no es nada. Como dice el doctor: voy de salida. Porque la primera noche después de que me internaron, entró el toro derribando la puerta. Yo lo presentí y grité que pusieran una puerta más segura o que le echaran la tranca porque ya mero venía el animal a atacarme. Pero qué iban a hacerme caso. En estos sanatorios nunca hacen lo que uno pide. Con aquello de "está loco", lo abandonan a su suerte, aunque sea un toro el que se le echa encima. Mire, ya sé que lo imagino. Pero cuando lo imagino siento que de veras está ahí y me va a cornear. Si por lo menos hubieran puesto una tranca a la puerta, capaz que imagino que el toro no puede entrar. Pero la dejaron así y vi clarito cuando la tumbó, saltando las astillas por todo el cuarto. Atrás entró la enfermera. Pero ¿sabe qué era la enfermera? Una ardilla. ¿Qué podía hacer una ardilla contra un toro? Y el maldito animal bufaba, nomás mirándome.

—Es mi papá —le dije a la enfermera-ardilla—. Viene a reclamarme por qué lo abandoné.

Y no es cierto. Nunca abandoné a mi señor padre. Al contrario, le digo: bien que lo acompañaba cada vez que mi mamá lo corría de la casa, pero quién sabe por qué pensé eso en ese momento.

Embistió y la primera cornada me la dio en el brazo que levanté para detenerlo.

Entonces, cuando se retiró unos pasos para preparar la segunda embestida, entraron una serie de animales al cuarto: gatos, perros, cuervos, gallinas. Y me amarraron a la cama. Vi que ellos veían clarito cuando el toro se me fue encima. Les suplicaba, les rogaba que hicieran algo.

—¡Métanme abajo de la cama! —les grité—. ¡Métanme abajo de la cama para que no me alcancen sus cuernos!

Pero qué me iban a meter abajo de la cama. Y clarito fui presa fácil del animal. Sentí cuando el cuerno entraba en mi vientre. Y ya con el cuerno adentro de mi carne, tiró un segundo derrote para encajármelo más, desgarrarme las entrañas.

Días después, la enfermera me dijo que deveras puse cara como si me hubieran dado una cornada. Que primero gritaba y luego gemía y como que no podía respirar. Y que decía:

—Me duele ahí, en el vientre, la cornada.

Toda mi vida he convivido con animales. Los quiero mucho, y cuando era niño y se moría un becerrito me soltaba llore y llore. No sé por qué ahora se me aparecen así.

En una ocasión intenté trabajar en el rastro, pero no pude por la impresión. En la carnicería era distinto, ya son pura carne para cortar. Cuando era chico si acaso habré matado unos cochinos y unas gallinas porque mi mamá me lo ordenó. Pero no me gustaba. Y ahora ya grande, con tantas apariciones, pues menos.

He tenido épocas en que no bebía tanto. Y hasta he intentado dejar de beber totalmente. Pero apenas empiezan las fantasías voy otra vez al trago.

Mire, déjeme contarle cómo es que sucedió.

Después de la primera vez que me internaron regresé a mi casa con mi esposa. Bien comprensiva que se puso conmigo: comida especial, medicinas, que los niños no me hicieran ruido para que descansara. Conseguí trabajo en un restorán, de mesero.

Me dije: soy un hijo de la chingada si vuelvo a probar una copa.

Estábamos tranquilos. A veces me entraba la comezón por un tequilita, pero me la aguantaba. Y si me invitaban los cuates, les decía que a tomar refrescos todos los que quisieran.

Hasta fui con mi esposa y los niños a la Villa a dar gracias. Sentía bien bonito de oír a mi esposa y a los niños pidiendo por mí. Si alguien me hubiera preguntado en aquella ocasión, habría jurado que primero me moría a volver a beber.

Me aconsejaron que entrara a Alcohólicos Anónimos y fui a varias juntas. Me gustó. Ayuda oír que a otros les ha sucedido lo mismo que a uno.

Pasarían unos dos meses así.

Pero con el miedo empezó de nuevo todo. Una noche, como a las dos de la mañana, iba rumbo a mi casa, por una calle solitaria, y me pregunté: qué tal si se te aparece el toro. ¿Qué harías? Me daban unos escalofríos horribles. Seguí caminando como si nada. Pero ahí estaba la pregunta adentro, punzándome. Llegué a casa, me acosté y al cerrar los ojos oí su bufido.

Grité, desperté a mi esposa y a mis hijos y al día siguiente me acompañaron al médico.

Pasó como otra semana.

Una noche estaba con ella y con los niños viendo la televisión. De repente miré hacia un rincón y vi ahí, agazapado, a un leoncito.

—¡Mira ese leoncito, Clara, mira ese leoncito en el rincón!

La pobre se soltó llorando.

—No hay ningún leoncito, tú sabes que no hay ningún leoncito, ya estás otra vez con lo mismo.

Los niños más pequeños se contagiaron de su llanto y también se soltaron llorando.

Yo entre que creía que estaba el leoncito y entre que lo dudaba. Pero cuando lo vi avanzar hacia mí el miedo pudo más.

—¡Va a atacarnos, Clara! —grité—. ¡Llévate a los niños a la recámara!

Fue una tragedia. El desplome de cuanto habíamos construido desde que salí del sanatorio. Y sin beber, era lo más triste. El doctor me había prevenido que podía pasar, que si pasaba tomara una pastilla que me recetó y lo fuera a ver enseguida. Pero como que me entró la decepción, salí corriendo de la casa y fui a echarme un trago.

Cuando regresé ya no estaba mi esposa en la casa. Prefirió ir a pasar hambres con sus padres, porque pasaban verdaderas hambres. Y eso me hizo trizas, completamente trizas.

Ahí empecé con las borracheras fuertes, seguiditas, ya sin buscar amigos o alguien que me invitara a beber. Un poco de alcohol de las farmacias me era suficiente. Fue la época en que, le digo, me vino lo sentimental y me bastaba cerrar los ojos para verme al lado de mi papá. Llegué incluso a buscar el sitio donde habíamos vivido para estar ahí, con su recuerdo. Una tristeza que me entró como no tiene usted idea. Nomás de acordarme...

Pero antes de que me fuera de filo pasaron cosas, déjeme decirle. Después de lo del leoncito fui a vivir unos días a casa de mi hermano. Me cortaron la borrachera y estuve unos días tranquilo. Pero un domingo, me acuerdo muy bien, durante una comida familiar con mis otros hermanos (no con el que deveras me quería y ayudaba) vi un cuervo encima de una de las lámparas, con unos ojos malditos como de estar a punto de atacarme.

Se los anuncié a gritos. Quise salir corriendo pero me detuvieron.

—Ahora se te quitan esas pendejadas —me dijo uno de ellos. Uno de mis hermanos que siempre fue muy cabrón conmigo.

¿Sabe qué hicieron? Me amarraron a la silla. Este hermano que le digo hasta se reía de verme tan empañicado. Y decía que quería ver cómo me sacaba el cuervo los ojos. Me preguntaba:

—¿Encima de qué lámpara está el cuervo? ¿De ésta? A ver, vamos a ver si podemos tocarlo. Aquí está, mira, lo estoy tocando. Lo voy a cargar para acercarlo a ti.

Y usted no lo va a creer pero fue justo lo que vi: que cargaba al cuervo y lo acercaba a mis ojos para que me los sacara. Algo horrible.

Él decía: ya te está sacando un ojo, y era justo lo que yo sentía, que me estaba sacando un ojo. Decía: mira nomás qué chorro de sangre te está escurriendo por la mejilla, y yo hubiera jurado que ahí estaba la sangre. Yo la sentía correr, hasta me sabía en la boca el sabor de la sangre.

¿Por qué lo hicieron? Unos porque creían que así me curaba, que me enfrentaba a mis alucinaciones y luego se me iban. Y otros, como este hermano que le digo, por cabrones. Porque siempre odiaron que fuera el consentido de mi papá. Porque lo criticaban mucho, pero en el fondo bien que lo admiraban, y bien que siguieron trabajando en lo que él les enseñó a trabajar. Nunca se me olvidará que uno de mis hermanos hasta me pidió una noche que lo dejara acompañar a mi papá a dormir en los establos. Pero yo no decidía, deveras, era mi papá el que me agarraba del brazo y me llevaba con él.

Dicen que al final me desmayé. Yo sólo me acuerdo de que desperté en la cama de mi hermano, con unas palpitaciones que no soportaba y sudando frío.

¿Sabe qué era lo que más tristeza me daba? Que yo había luchado contra el alcohol, me había reconocido derrotado por el alcohol, como dicen en AA. Y que, a pesar de ello, continuaban las malditas apariciones de animales.

Me entraba una rebeldía contra todo. Sí, contra Dios y contra todo. Ya para qué seguir luchando.

Como pude me escapé de aquella casa que era peor, mucho peor que el peor de los sanatorios y aunque todavía traté de seguir trabajando sólo duré en el restorán unos días.

Entonces vino esta época que le digo.

Si me pregunta cómo sobreviví estos meses no sabría decirle. Si me pregunta de dónde sacaba dinero no sabría decirle. Es más, apenas si me acuerdo de lo que hice. Había días que de plano se pasaban en blanco, como si no los hubiera vivido. Algunos amigos me ayudaron. Siempre he tenido facilidad para hacer amigos. Una mañana desperté en San Juan del Río y no me acuerdo ni cómo llegué ahí. Fui a una pelea de gallos y no me acuerdo cómo salí.

Estuve en la cárcel de un pueblo, no me acuerdo ni de qué pueblo. Me dijeron que había robado, no me acuerdo ni qué. Luego estuve en la Cruz Verde aquí en México y me curaron de una golpiza que no me acuerdo ni con quién fue.

Ya para qué le digo, hasta me da pena decirle.

Los días antes de que me internaran dicen que ya estaba muy mal. Recuerdo sí, lo del perro. En una cantina de por más allá del aeropuerto, la colonia San Juan de Aragón, creo que se llama, en donde vive el único amigo que he tenido, que me quiere como me quiere mi hermano, con sinceridad. Caía en su casa de vez en vez. Pues hace unos días caí ahí y, como él también le entra al trago, fuimos a una cantina. Estábamos platicando y de repente vi al perro.

Era un tipo que estaba en una de las mesas jugando dominó con un grupo de amigos, pero yo clarito lo vi como perro. Y como perro que me iba a atacar. Abría el hocico y mostraba unos colmillos blancos, filudos filudos.

—¡Saquen a ese perro! —me puse a gritar.

Y me eché sobre el tipo, a patadas, como pude.

Yo le juro que sentí que me mordía un brazo, que me desgarraba la ropa, que sus colmillos estaban dentro de mi piel.

Entre todos me golpearon y ya no supe de mí hasta que desperté aquí en el sanatorio. Usted me ve, mire cómo me golpearon. Y aunque en el brazo no traigo nada yo sentí que la mordida me la había dado en el brazo. No sé por qué sentí eso.

¿Qué voy a hacer saliendo de aquí?

No sé. Qué puedo decirle, cómo voy a saber.

VI

Salimos a una noche fría y con viento. Eran las ocho y media. Continuaba el ir y venir de la gente y el ruido del tránsito, pero la marea empezaba a retirarse y se sentía que ese trajín era ya solamente la resaca del día, con el polvo y los ojos irritados que va dejando tras de sí. Es la hora en que por Bucareli los trozos de papel periódico —palomas grises— emprenden el vuelo con toda la burla que implica ese vuelo al acontecer diario. De las grandes noticias sólo quedan jirones de noticias, desvaneciéndose conforme se profundiza la noche.

El bullicio se refugiaba en las fondas y en las taquerías, entre las grandes volutas de humo que las envolvían como en esferas de cristal.

—¿Quiere que vayamos a mi casa? Ahí podemos platicar otro rato.

Invitación que, después de la sequedad del recibimiento, era una nueva prueba de la ambivalencia alrededor de la cual parecía girar cada acto de su vida.

Caminamos en silencio. Subió la solapa del saco y metió las manos en los bolsillos. Luego hundió la cabeza en el cuello y conservó la mirada fija en el suelo como si temiera caer.

Parecía un avestruz que se protege del mundo dentro de un agujero en la tierra. Su agujero estaba ahí, siempre frente a él, y en éste se perdía su mirada como en un túnel.

Entramos en un enmohecido edificio de Luis Moya, con una escalera que se oscurecía al subirla. En el tercer piso se detuvo y abrió una puerta. Era un departamento amplio, con vastos muebles de caoba. Todo coincidía con su personalidad: la ubicación, las paredes descarapeladas del edificio, la escalera oscura, los cuadros familiares y los paisajes con gruesos marcos dorados, el secreter en la sala, el centro de mesa garigoleado, las cortinas de terciopelo guindas, los candelabros y los floreros de cristal cortado. Junto al librero, un cuadro del Greco: *Los apóstoles*.

Elogié la decoración y respondió que el departamento había sido de sus padres. Los dos murieron en el lapso de un año y como él estaba separado, decidió habitarlo. Su padre con grandes esfuerzos había construido una casa en Tlalpan en la que, curiosamente, nunca vivió. La heredó y ahora estaban ahí su mujer y sus hijos. A él le gustaba este departamento, no sólo porque le recordaba su niñez, sino por la ubicación: su oficina, en Palacio Nacional, le quedaba más o menos cerca y podía ir a pie. No soportaba los camiones, pagaba por no subirse a un camión. Y, como no tenía auto y un taxi era imposible de conseguir, lo mejor era permanecer ahí. Hasta su grupo de AA, el Bolívar, le quedaba cerca.

—Salgo poco. Algún concierto en Bellas Artes, alguna película por aquí cerca, pero muy esporádicamente —dijo mientras se quitaba el saco, que llevó seguramente a la recámara por un amplio pasillo con gobelinos en las paredes. Al cruzar frente a un espejo se detuvo y pasó una mano por el pelo engominado como si fuera posible alisarlo más.

—Póngase cómodo, amigo Solares. Ahora vamos a tomar un poco de queso y un refresco.

Llevó gruyere y roquefort en una quesera de madera y abrió dos aguas minerales.

—Es lo que ceno siempre. No tengo mucho que ofrecerle —dijo mientras servía los vasos y los dejaba en la mesita de centro. Se sentó en el sillón.

Llamaba la atención el Gradiente con las altas bocinas en las esquinas, a los lados del sofá. La amplia colección de discos ocupaba uno de los entrepaños del librero empotrado en la pared, que hacía también las veces de aparador, con vidrios corredizos, para pequeñas figuras de porcelana y de madera tallada. Había bastantes libros, la mayoría forrados en piel y otros que parecían de lectura más asidua por los lomos maltratados.

—Veo que le gusta la música.

—Es algo más que un gusto. Si no ha sido por la música no estaría yo aquí —dijo inclinándose hacia la mesita de centro para partir un trozo de queso.

—Cada vez me intriga más.

—Ya irá saliendo todo poco a poco. Le repito que detesto los monólogos. Mi gusto por la música es de... cuatro años a la fecha. El tiempo que tengo sin beber.

—¿Hay algún compositor que le interese especialmente?

—Un compositor: Mozart, y una obra: su *Réquiem*. Lo escuché mañana, tarde y noche durante... por lo menos seis meses. Ahora sólo lo escucho de vez en vez.

Casi se me cae el vaso de la mano.

—Soy obsesivo —agregó, como si quedara alguna duda de ello con lo que acababa de comentar.

—Me imagino que terminaría por aburrirle.

—Pues fíjese que no; al contrario, le iba descubriendo nuevos significados. Y lo que es más importante, me iba curando poco a poco.

—¿No dormía? Me dice que lo escuchaba mañana, tarde y noche.

—Aunque estaba dormido dejaba que siguiera tocando. Mi inconsciente lo escuchaba.

—¿Por qué el *Réquiem* de Mozart?

—Porque me lo mandó Dios como una señal. Una tarde estuve a punto de volver a beber (lo que en mi caso equivale a suicidarme) y cuando iba rumbo a la cantina pasé por una tienda de discos en donde lo escuché. Me detuve y esa música milagrosa apartó de mí la obsesión por el alcohol. Entonces cambié una obsesión por otra y me puse a escuchar el *Réquiem* a todas horas.

De pronto me pregunté frente a quién estaba y por qué me interesaba tanto, ya no sólo como un caso para mi encuesta. Lo observé fijamente, con su pelo engominado, sus ojos vivaces, su chaleco ajustado, sentado muy derecho en el sillón, y tuve la sensación de que era la imagen misma de la sinceridad (por eso la ambivalencia) y que no me quedaba más remedio que creerle cuanto decía. Además, se estaba muy bien a su lado. Una vez traspuesta la pedantería de la entrada (que más bien parecía una defensa contra el mundo), había un calor, una intensidad en sus palabras que envolvían y contagiaban. Daban ganas de también contarle cosas de uno. Por supuesto, el problema era cuando lanzaba una confesión como la que siguió a su comentario.

—Yo hablé con Mozart. Estaba sentado ahí donde está usted sentado.

Casi me pongo de pie de un brinco.

—¿Aquí mismo?

—Sí, ahí mismo.

—¿Durante su *delirium tremens*?

—No, mucho después. Le digo que descubrí la música cuando ya no bebía. Aunque si así quiere llamarlo, yo he continuado teniendo *delirium tremens* durante estos cuatro años en que ya no bebo. Con mis padres hablé después de que murieron.

Yo también estaba cayendo de cabeza en la ambivalencia: está loco, me dije. Creo en su sinceridad pero está loco. La única actitud razonable sería tomar distancia, no dejarse llevar por su simpatía (cuidado con el contagio) y mirarlo como a un microbio en la platina. Pero la verdad es que la deducción no tenía peso y me entusiasmaba la idea de que alguien en pleno siglo XX afirmara que había hablado con Mozart, alcohólico, cuerdo o loco, qué más daba.

—¿De qué habló con Mozart?

—Es un decir que hablé con él. Lo vi un instante ahí sentado, sonriéndome, y dijo algo que podría parecer incoherente: "el pistilo de la flor, cuídate de él, y del brinco de la aguja en algunos surcos del disco".

—¿Qué significan para usted esas palabras?

—Eso, que aprenda a ver y escuchar las cosas en su totalidad. A veces los pequeños detalles —como un disco ligeramente rayado— me detienen, me impiden gozar.

—¿Y está seguro de que era Mozart?

—Por supuesto que estoy seguro de que era Mozart. Percibí hasta su aura. Llevaba yo varias horas en profunda concentración, en la posición de loto y con los ojos cerrados, dejando que las imágenes fluyeran libremente dentro de mí. De repente supe que si abría los ojos iba a ver a alguien que había jugado un papel determinante en mi vida. Entonces abrí los ojos y vi a Mozart, escuché su mensaje, le contesté "gracias" y se esfumó.

—Pudo haber sido su imaginación por tantas horas de concentración.

—Sí, pudo haber sido mi imaginación. ¿Y qué? ¿Por qué separamos tan radicalmente imaginación y realidad? He tenido sueños que me parecen tan reales como cualquiera de las experiencias importantes que he vivido. El problema no es ése; el problema es la fe. Creer en algo más.

Hizo una pausa.

—Como le digo, voy poco a AA porque en la mayor parte de los compañeros persiste la idea de que el *delirium tremens* es una enfermedad.

—Los médicos dicen que es una psicosis alcohólica, provocada por una lesión cerebral; reproducible, además, después de ingerir cierta cantidad de alcohol.

—¿Y? Tampoco eso explica nada. A mí me han hecho exhaustivos estudios después de que dejé de beber y aseguran que estoy perfectamente cuerdo. Sin embargo les explico que el alcohol y especialmente el *delirium tremens* desarrollaron mis facultades extrasensoriales y me miran como a un bicho raro.

—Quien lo oyera podría pensar que invita a todo el mundo a beber para que desarrolle sus facultades extrasensoriales.

—Qué barbaridad. Empieza usted a decepcionarme.

—Le digo lo que pienso. Lo siento.

—No tengo ningún interés en que me crea cuanto le he dicho y mucho menos en aparecer en su dichosa encuesta, que seguramente va a quedar como señal de alarma para todo aquel que se lleva una copa a los labios.

—Me encantaría que sirviera para eso.

—Pero el asunto es mucho más complejo, amigo mío, y en lugar de oír tanto lo que dicen los médicos y las cifras de cuántos vieron cucarachas y cuántos vieron alacranes, adéntrese en el alma de quien lo padeció.

—Usted, por ejemplo.

—Si quiere, puedo ayudarlo. Pero no me salga con interrupciones científicas porque rompe el hilo de lo que estoy diciendo y me pone de mal humor.

—De acuerdo.

—Por eso, por eso me negué a contestar su absurdo cuestionario, porque quiere hacer fichas de lo que sólo concierne al alma. ¿Qué conclusiones ha sacado con su encuesta? A ver dígame.

—Por ejemplo, que en un sesenta por ciento las imágenes son de índole religiosa, aunque se agregaran insectos o animales en general, y en algunos casos delirios auditivos.

—¿Lo ve? Está usted descubriendo el Mediterráneo. Porque no sólo en un sesenta, sino en un cien por ciento las imágenes son de índole religiosa.

—Si considera una cucaracha o un alacrán símbolos religiosos.

—¿Usted no?

Lo preguntó más con los ojos que con la voz. No pude evitar un cierto estremecimiento

(¡el contagio!). Resultaba demoledora la seguridad con que hablaba. No quedaba más que creerle y seguirlo por el laberinto, o de plano colocarlo en la platina. Intentaba esto último, pero sus ojos y su tono de voz me arrastraban.

—Piénselo. ¿Hay algo que simbolice más claramente la ruindad, la inconsciencia, la pequeñez de alma, lo mezquino, lo traicionero, que una cucaracha o un alacrán? ¿Por qué suponer que el demonio debe aparecer necesariamente con tridente y cuernitos?

—Pues así aparece en un buen número de casos.

—Porque es una representación infantil, y cuando uno se adentra en el inconsciente emergen de golpe todos los símbolos infantiles. Pero eso es lo de menos. Bueno, ¿y que otra *valiosa* deducción ha sacado?

—Lo pregunta en un tono que no sólo el cuestionario sino todo el trabajo realizado dan ganas de tirarlo a la basura.

—Al contrario. Hay caminos que necesitamos recorrer hasta el final para comprender que no conducen a ninguna parte. No es mi interés desanimarlo en lo que ha hecho sino mostrarle lo que no ha hecho.

—Pues que en la mayoría de los casos las imágenes del delirio tienen que ver muy directamente con la problemática de la persona que lo padece. Sobre todo cuando no sólo aparecen insectos sino otros animales y seres humanos. Entonces hasta podría aplicársele una especie de interpretación de los sueños. Sueño muy particular: con los ojos abiertos.

—Muy bien. ¿Y?

—La medicina no sabe casi nada al respecto. Decepciona leer libros en que se menciona el *delirium tremens*: le explican los trastornos físicos del paciente, pero sistemáticamente le dan la vuelta a la interpretación de las imágenes. Hasta ahora ha sido un trastorno para psiquiatras en el que, supuestamente, los psicoanalistas nada tienen que hacer. Supe de un hombre que murió durante un delirio por la pura contracción muscular. ¿Se da cuenta? ¿Qué era lo que estaba mirando u oyendo? Y, sin embargo, ninguna medicina puede detener ese flujo de imágenes o de voces —y hasta de olores— que instala de lleno al paciente en el infierno. Bueno, sí hay una, usted debe de saberlo, pero que lo condena a nuevos delirios: una copa. Círculo vicioso en que la enfermedad es el remedio.

—¿Alguna otra deducción?

—Que la culpa es como el surtidor y se purga a través de las imágenes del delirio. De ahí que la experiencia sea tan determinante para que después de ella el alcohólico comprenda lo que nunca había comprendido y pueda cambiar el rumbo en su vida. Quizá algo no muy lejano a lo que, en otro sentido, sucede a quienes prueban el LSD. La visión transforma, parece que no tiene remedio. Los elementos que forman parte consustancial de la vida diaria: el amor, el odio, el sexo, el temor, se viven durante el *delirium tremens* en negativo y llevados hasta sus últimas consecuencias. El sexo, por ejemplo, es siempre doloroso y puede adquirir la forma de un enorme demonio de color encendido que arroja chorros de semen por un gran falo; semen que borbotea como lava y produce profundas quemaduras. La paciente que lo padeció tenía después del delirio todos los síntomas que producen las quemaduras de tercer grado, y durante varios días, dijo, no soportaba el ardor, aunque su piel no registrara ninguna huella visible. Por otra parte, un hombre me contó que al delirar veía a su hijita de tres años, al ser que más amaba en el mundo, pero que su presencia le resultaba insoportable. Lo acariciaba y lo besaba en la mejilla y él recibía esas caricias y esos besos en medio de un dolor que lo obligaba a gritar.

Mi comentario pareció apagar la vocación de réplica de Gabriel. Su espalda se encorvó ligeramente y la mirada se perdió dentro del vaso que tenía en la mano.

—¿Ve esta cicatriz? —y me la mostró abriendo el cabello, justo a un lado de donde nacía la raya—. Me la hice golpeándome contra el filo de una puerta. Y al hacerlo miraba fijamente una foto de mi hijo. Como si fuera él quien me golpeara. Estaba yo muy borracho, por supuesto... Uno puede hacer cualquier cosa borracho. Para que luego crea usted que defiendo el alcohol como un medio para desarrollar las facultades extrasensoriales...

No lo había olvidado. Y parecía de veras ofendido por mi comentario. En sus ojos había nacido algo como una tristeza infantil. Con esa hipersensibilidad, imaginé las depresiones agudas en las que debe de haber caído cuando bebía.

—No lo quise decir literalmente. Dije que parecía que defendía usted el alcohol porque no consideraba el *delirium tremens* una enfermedad.

—Nada aborrezco tanto en este mundo como el alcohol. Un borracho es lo más cercano que conozco a un condenado. Pero tampoco puedo dividir el mundo en buenos y malos. Para desgracia de nuestras pobres mentes, las cosas en general son mucho más complejas de lo que parece. Y el alcohol, como todo lo que nos saca de nuestras defensas cotidianas, puede servir para alcanzar cierto grado de conciencia. Yo fui un hombre pragmático, que creía que dos y dos son cuatro y armaba su vida de acuerdo con un plan preconcebido: matrimonio con cierta clase de mujer, hijos, trabajo, éxito, dinero, diversiones, reconocimiento. Caí en el alcoholismo como en un pozo y aprendí que todo lo que nos rodea es aparente, que la verdadera realidad está oculta y hacia ella hay que dirigirse.

Conforme hablaba, su espalda iba recuperando la verticalidad y sus ojos adquirían nueva fuerza. Al decir: "todo lo que nos rodea es aparente, la verdadera realidad está oculta", miró a los lados, con chispas de miedo en las pupilas, como si esa realidad oculta pudiera estar ahí acechante.

Mi curiosidad por conocer su vida, la historia de su alcoholismo, aumentaba mientras más lo escuchaba. Presentía la riqueza del relato. Pero no quería forzarlo porque también presentía la fragilidad de su personalidad: cambiaba de estado de ánimo en segundos. Además, me había advertido claramente que aborrecía los monólogos.

Le ofrecí un cigarrillo y encendí otro. Aceptó con un movimiento mecánico. Le dio una fumada y se metió dentro de una nube de humo. El queso y el agua mineral se habían volatilizado casi sin darme cuenta. Temí, como siempre que estoy ante un buen trozo de queso, haber comido más de lo que debía.

—Dígame una cosa, amigo Solares. ¿Cree en la religión católica?

—Supongo que sí. O quiero suponer que sí.

—¿No cree que estamos rodeados de ángeles y demonios que se disputan nuestra alma?

—También, supongo que sí.

—El problema del alcohol es que tienen todas las de ganar los demonios, ¿me entiende? Entra uno en contacto con los espíritus más negativos de este planeta (basta ir a una cantina y ver las expresiones de los borrachos para darse cuenta). Pero también es indudable que gracias a esos demonios es posible reconocer la contraparte, los ángeles que esperan nuestro regreso.

Hizo una pausa mirando cómo se distendía la nube de humo que acababa de exhalar. Continuó en el mismo tono, como si se lo contara a sí mismo.

—Y a veces (¡qué difícil reconocerlo!) nada está tan cerca del bien como el mal. En este sentido, mi primera experiencia de *delirium tremens* fue aleccionadora. ¿Quiere que se la cuente?

—Por supuesto —yo también me senté muy derecho.

Llevaba como un año sin dejar de beber. Había perdido mi empleo y vivía con mi mujer y mis hijos en la casona de Tlalpan. Entonces decidí que la única manera de dejar de beber era no ver a nadie durante algunos días. Estar solo conmigo mismo, a ver qué pasaba.

Me encerré en una pieza del sótano. Descolgué los cuadros de las paredes. Me aterraban los paisajes, las fotos (con excepción de las de mis hijos que siempre tenía a mi lado), porque si los miraba fijamente empezaban a vivir como si proyectara imágenes en una pantalla. Le pedí a mi esposa que me mandara la comida con la sirvienta. Pasaba la mayor parte del tiempo sentado en el borde de la cama, con las manos entre las rodillas, intentando no pensar, dejar que el tiempo corriera, no darme cuenta.

Cada minuto que aguantaba ahí era un pequeño paso adelante. Pero ser consciente de cada minuto es angustioso y se sienten deseos de reventar de una buena vez. Fantaseaba con la idea del suicidio, pero la convicción de vencer al alcohol podía más. Había fracasado tantas veces que uno también se cansa de fracasar, así como uno se cansa de vencer y de estar sano y de llevar una vida normal. Por eso me quise encerrar así, para atravesar el infierno de una vez por todas, aceptar mi realidad, no fugarme. Después de todo, tenía tantos años de vivir en él sin darme cuenta, que darme cuenta de repente aumentaría sólo relativamente el dolor. Por eso me encerré ahí. Mi voluntad era la mejor, pero aún no sabía que la voluntad no basta para vencer al demonio.

Por momentos lograba de veras no pensar, estar como ausente de mí mismo, y había una cierta relajación. Pero, apenas saltaba la primera idea, venía el encadenamiento: que era por demás mi sacrificio, que nunca iba a vencer al alcohol, que lo único que podía ayudarme era una copa.

Empezaba a sudar y había que iniciar una nueva labor tranquilizadora. Rezar, pensar que si no dejaba de beber iba a morir, recordar a mis hijos. Había puesto sus fotos a mi lado, sobre la cama, y los miraba a cada momento. Verlos en persona me hubiera llenado de culpa, en cambio las fotos me resultaban una gran ayuda. Casi diría que una parte de los niños —eso que llamamos alma— estaba más presente para mí en la foto que en ellos mismos. Les hablaba, les contaba de mi dolor, de mi decisión de salvarme, les pedía que me ayudaran. Y rezaba una y otra vez el *Padre Nuestro*.

Debo haber dormido muchísimo, pero como no tenía reloj nunca supe cuánto tiempo. Ni siquiera sabía si afuera era de día o de noche. Para mí era siempre de noche y el tiempo en que vivía era otro tiempo. Tenía constantes pesadillas, pero difusas y apenas las recuerdo. En cambio lo que recuerdo perfectamente es la primera alucinación.

Fue en un momento de angustia. Miré hacia una de las paredes, gris, desnuda, y mi imaginación abrió en ella una pequeña ventana a un cielo azul. Me pregunté cómo era posible no haberme dado cuenta de que esa ventana estaba ahí. Contemplé el cielo azul con una sensación de plenitud. "Qué día más hermoso", me dije. ¿Por qué habían cerrado la ventana? Malvados. Yo necesitaría tenerla siempre abierta para ver la luz del día. Sentir el sol. Vi aparecer una nube blanquísima que avanzaba a gran velocidad en el cielo. "Esa nube es Dios", pensé. Y la nube descendía hacia la ventana y entraba por ella hasta posarse justo sobre mí. "Estoy salvado", pensé. Esta nube es Dios y viene a salvarme. Mientras la tenga conmigo nada podrá hacerme daño. Entonces la nube empezaba a tomar un color gris y de repente caía de ella una avalancha de insectos y ratas.

Grité aterrado, me desgarré la piyama y me provoqué heridas en el cuerpo para arrancarme los insectos que se incrustaban en la piel. Llegó mi esposa y yo no dejaba de gritar. Buscó un médico y aquella primera aparición provocó también mi primer internamiento en un sanatorio para enajenados.

VII

Oí clarito que abrían el portón. Acababa de despertar de una pesadilla, como casi todas las noches a esa hora. Me paré de la cama y me asomé a la ventana. Abajo, en la cochera, sólo se veían el auto de mi padre y la barda con enredadera. Encendí la luz y regresé a la cama. No quería dormir. Prefería el cansancio, incluso la muerte, a las malditas pesadillas.

Había una repetitiva: que alguien a quien no veía (lo veía, pero al despertar sentía que no lo había visto) me seguía hasta la azotea de un alto edificio. Yo llegaba a la pequeña barda de protección y mi perseguidor se acercaba lentamente. Entonces yo mismo me lanzaba al vacío. Pero nunca terminaba de caer. Era una caída infinita y la angustia me despertaba.

¿Hay mayor dolor que la imposibilidad de cerrar los ojos, a pesar del cansancio, porque es como si descendiéramos al mismísimo infierno?

Miraba fijamente un punto indefinido del techo para tratar de calmarme.

Llevaba como cuatro días sin beber porque me habían diagnosticado una úlcera. Nunca fui un gran bebedor: el alcohol me hace un daño fulminante. Con cinco copas tengo más que suficiente para ser otro. Hago cosas de las que luego no me acuerdo, o de las que preferiría no acordarme, como golpear a mi padre, reclamarle a gritos a mi madre el haberme traído al mundo o romper los cuadros de familia.

Tengo veinticinco años. He tratado de vivir solo pero no puedo. La soledad me quema. A pesar de nuestros pleitos, únicamente al lado de mis padres logro encontrar alguna tranquilidad.

Estaba pensando en el sueño cuando oí ruido en la planta baja, en la sala o en el comedor.

Fue como si el sueño se prolongara a la realidad. Como si de tanto haberlo soñado empezara a vivirlo sin darme cuenta de que había despertado.

Me puse de pie de un brinco y salí corriendo al pasillo.

—¡Quién anda allá abajo! —grité, y desperté a mis padres. Mi madre salió en bata de su recámara y preguntó preocupada qué sucedía.

—Alguien anda allá abajo. Acabo de oír ruidos.

Mi padre me escucho y salió con una pistola que guardaba en el buró.

Encendimos las luces y bajamos. Un par de años antes nos habían robado cuando no había nadie en la casa. Pero el terror de mi madre siempre fue que alguien entrara cuando estuviéramos dormidos.

Despertamos a los sirvientes. Buscamos por todos lados. Nada.

Yo sabía que no había nadie. Pero tampoco podía dejar de creer que sí había alguien. Era como una conciencia además de la conciencia que uno tiene normalmente. Y esa conciencia tenía sus propias convicciones y su propia lógica.

Antes de regresar a nuestra recámara, mi madre preguntó si de veras había oído esos ruidos y me molesté. Respondí que no estaba loco, podía jurar que alguien andaba en la sala o en el comedor.

Tomé un libro y no logré concentrarme en la lectura. Apagué la luz y traté de conciliar el sueño: fue lo peor que pude haber hecho porque entonces oí, aún con más claridad que antes, que alguien subía la escalera.

Pegué un grito y corrí al cuarto de mis padres. Ya no se preocuparon por los supuestos ladrones sino por mí.

—¡Están subiendo la escalera! Me están persiguiendo desde hace meses.

Traté de tomar la pistola del buró pero mi padre me detuvo.

Temblaba de pies a cabeza y dice mi madre que nunca me había visto tan pálido.

Corría de un extremo a otro de la pieza. Les suplicaba que llamaran a la policía. Iba a la ventana y les gritaba a los vecinos y a los sirvientes. Las luces de la casa de al lado se encendieron. Mi padre trataba de detenerme pero me le escapaba. Hasta que me dio un puñetazo en la mejilla y caí al suelo, llorando. Me acostó en su cama y empecé a calmarme. Llamaron al doctor y me puso una inyección que me durmió hasta el día siguiente.

No soporto a los doctores. ¿Se ha fijado en esa mirada gélida que tienen, tan imperturbable cuando le abren a uno la panza como cuando escuchan que estuvimos a punto de suicidarnos? A los veinte años me llevaron con un psicoanalista y durante las cinco sesiones que tuvimos no hice sino contarle mentiras: que soñaba que hacía el amor con mi madre en todas las posiciones posibles, que mataba a mi padre y me comía su cadáver, que de repente mi madre se transformaba en la Virgen María y mi padre en Jesucristo y los veía cachondeándose... No se alteraba y tomaba nota, pero yo sabía que en el fondo estaba feliz de comprobar, según él, sus teorías.

Estudié dos años de leyes porque mi padre tiene un bufete que supuestamente iba a heredar. Pero odio las leyes y abandoné la carrera y desde entonces he brincado de un trabajo al otro o he pasado largas temporadas sin hacer nada. ¿Por qué a fuerza tiene uno que saber lo que quiere? Sólo llevo un año bebiendo diario.

Al día siguiente tomé una copa apenas desperté, pero me cayó fatal al estómago y me puso más nervioso. Anduve toda la mañana dando vueltas por la casa, buscando en los clósets, abajo de las camas, atrás de los sillones, en los rincones del garage. No sabía bien qué buscaba y estaba seguro de que aquello que buscaba no iba a encontrarlo, pero no podía resistir la compulsión y me calmaba un poco andar de un lado al otro.

No tenía auto porque lo había chocado una semana antes, y aunque lo hubiera tenido creo que de todas maneras no hubiera salido de casa. Sólo ahí me sentía seguro, aunque también era ahí en donde me perseguía el fantasma. Cuando terminé de inspeccionar la casa comí un trozo de carne, sin apetito, y subí a recostarme un rato. Mi madre estaba en la planta baja viendo la televisión.

Tuve la misma pesadilla (o quizá fue otra, no lo recuerdo) y desperté sudando frío. Nunca había sentido tal angustia. Metí la cabeza bajo la almohada e intenté no pensar en nada. Sabía que si pensaba en algo iba a corporeizarse, como la noche anterior. El corazón se me desbocaba.

"Que Dios me perdone pero no lo resisto", me dije y me puse de pie para ir por la pistola de mi papá y pegarme un tiro.

Pero al ir a abrir la puerta *supe* que ese alguien que me perseguía estaba del otro lado esperándome para matarme él mismo. Sin embargo, no era esto último lo que me preocupaba, sino *la idea de verlo*, de por fin conocerlo.

Corrí a la ventana para aventarme por ella, pero la cortina estaba corrida y *supe* que apenas la entreabriera vería ese rostro que no podría resistir.

Esta era la sensación: lo único que no podría resistir era verlo. Me preguntaba desesperado cómo matarme antes de que apareciera.

Grité pidiendo ayuda y subió mi madre.

Entró en la recámara y me abracé a ella, temblando. Le dije que *él* estaba ahí, junto a la puerta, e iba a asomarse de un momento a otro. Dijo que no había nadie, que me recostara mientras preparaba una inyección y llamaba al médico. La pobre lloraba y temblaba tanto como yo.

Quiso demostrarme que tampoco había nadie asomado a la ventana, como yo le decía, y corrió las cortinas. A partir de ese momento no recuerdo más. Es como si mi alma me hubiera abandonado. La ventana estaba abierta y dice mi madre que pegué un grito y salté frente a ella. Me fracturé una pierna. Estuve unos días en un hospital particular y luego me trajeron a éste en donde, dicen, también van a curar mi alcoholismo.

VIII

Cuarenta por ciento de los enfermos del Lavista —sanatorio psiquiátrico del Seguro Social— son internados por alcoholismo. De dos a tres por día, unos ochenta al mes. El cinco por ciento de estas personas padece *delirium tremens*. O sea: cuatro al mes. Aunque no se han realizado estudios confiables al respecto, se calcula que el ocho por ciento de los mexicanos tiene algún tipo de trastorno físico o mental provocado por el alcohol. Es probable que la cifra aumentara considerablemente si se hiciera una encuesta seria al respecto.

Además de los grupos de AA, el trabajo de investigación sobre *delirium tremens* lo realicé en ese sanatorio, en donde el médico José Antonio Elizondo —jefe del Departamento de Alcoholismo— me elegía un caso a la semana, que yo entrevistaba los viernes a las dos de la tarde. El tono de los casos vistos ahí era muy distinto al de los AA, porque el delirio acababa de suceder, y por lo tanto la impresión y el recuerdo estaban aún frescos. Sin embargo la perspectiva ofrecía también aspectos muy importantes. Conocer a una persona que lleva una vida normal, dentro del frustrante engranaje de una sociedad como la nuestra, con los pequeños pero dolorosos sacrificios que hay que realizar para sobrellevar la existencia cotidiana; conocer y hablar con una persona que en apariencia es como cualquiera de las otras personas que nos rodean y oírla de repente relatar sus visiones terroríficas después de un comentario sobre el alto costo de la vida, resulta, en verdad, una experiencia muy particular.

Por ejemplo Gabriel, en quien no dejé de pensar después de la larga conversación que tuvimos en su casa. Por más que intentaba el encasillamiento tranquilizador no podía colocarle la etiqueta de loco; por el contrario, en algunos aspectos me parecía más cuerdo que muchas de las personas que me rodeaban. La ambivalencia alrededor de la cual giraba su vida era como un enfrentamiento cuerpo a cuerpo con la realidad... con las realidades —concretas o mágicas— que él percibía. El "está loco" limitaría la moneda a una de sus caras, pero también permitiría pisar tierra firme. Después de todo, ¿es "normal" que un hombre que trabaja en Palacio Nacional, ahí, en pleno centro de la "normalidad", asegure con tal convicción que habló con Mozart?

Los casos que había entrevistado en el Lavista tenían uno o cinco días de haber padecido el delirio —por lo menos el delirio agudo—, ya que de otra manera hubiera sido imposible hablar con ellos. Pero aquella mañana el doctor Elizondo me llevó a uno de los anexos del sanatorio a través de un patio con palmeras y pinos, en donde una mujer como de cincuenta años, estaba, en ese momento, delirando. La celda era diminuta, sin más contacto con el exterior que una mirilla en la puerta por la cual los médicos podían observar al enfermo. La mujer temblaba y sus ojos se posaban sobre las cosas sin asirlas, como si mirara a través de ellas. Por momentos se detenían en un punto indefinido de la pared blanca y se desorbitaban. ¿Qué veían ahí? ¿Qué mundo se interponía, se corporeizaba de una manera tan contundente entre ella y lo real? Aunque al observarla uno no podía menos que preguntarse qué es lo real. ¿Esto concreto que palpo y afecta mis sentidos? El delirio era como palpar un sueño.

Una mano salió tímidamente de entre las sábanas y señaló el respaldo de la cama.

¡Ahí está el diablo! —le dijo al doctor—. ¡Atrás de la cama! ¡Ahí está!

—¿Quién soy yo? —preguntó el doctor tomando la mano de la enferma entre las suyas.

—Un ángel. Mire sus alas. Ayúdeme, por favor.

—¿Por qué estás aquí?

—¡Por él! ¡Por él! —y volvía a señalar el respaldo de la cama.

El diablo aparecía en un buen número de los casos que había entrevistado. En ocasiones, como ahora, no lo veían, aunque sabían que ahí estaba, al acecho, seguro de su presa. La paranoia que esa presencia maléfica despertaba podía llevar a intentos de suicidio o a construir verdaderos parapetos de defensa, como tapizar una pieza de imágenes religiosas, oír las veinticuatro horas diarias el *Réquiem* de Mozart o apretar un crucifijo entre las manos en todo momento. Recordé una pequeña región de Transilvania en donde se supone vivió Drácula (*dracu* en rumano es diablo) cuyas casas —encaladas y con aleros como en serie— tenían todas una cruz de metal en lo alto. Despertó mi asombro ante la molestia y la explicación superficial del delegado del gobierno rumano que me acompañó en el paseo: meros atavismos.

Por otra parte, el diablo no aparecía siempre como una figura repulsiva, sino como un reflejo de la propia conciencia. La culpa nacía de lo que había dejado de hacerse —la vida no vivida— y no de lo que se había hecho. Así, más que por la imagen misma, la angustia era provocada por el vacío en que había caído la existencia como en un pozo interminable. A una mujer el diablo le mostraba las fotos de los hijos que ella pudo haber tenido:

—Mira —le decía—. Pudiste haber tenido este hijo, y este otro, si hubieras tenido el valor de entregarte a un hombre.

En otras fotos aparecía como una mujer dichosa al lado de su supuesto esposo y sus supuestos hijos. La angustia surgía, es obvio, de esa posible felicidad que se negó en este mundo y que percibía, como en negativo, en el *delirium tremens* y por medio de un juez implacable.

Dante decía que no hay mayor dolor que en los tiempos de infelicidad recordar los tiempos felices. Quizá no es menor el dolor de imaginar la dicha que nos negó nuestro temor a vivir.

Otro caso es el de un hombre que vivió su alcoholismo como pura y simple melancolía de lo que pudo haber realizado al lado de su esposa —a la que adoraba— y de sus hijos. Se ocultaba detrás de las columnas de los restoranes para gozar masoquistamente de las sonrisas y de los comentarios que veía o adivinaba. Él estaba allí, en el otro, pero también estaba allá, lejos, en la imposibilidad de la verdadera vida.

Pero el caso más claro en este sentido fue el de un hombre al que ese vacío, y la paranoia que despertó ese vacío, estuvo a punto de costarle la vida al lanzarse desde lo alto de un puente del Periférico.

Lo narró una mañana en una mesa de Sanborns y frente a una taza de café (hay que ver cómo toman café los alcohólicos anónimos):

Hablé con el diablo toda una noche. Pequeño, vestido de negro y con unos ojos rojos y centelleantes, recostado en la cama de al lado. Intenté ponerme de pie y salir pero me fue imposible por la cantidad de cucarachas que vi en el suelo.

Le hablé de mi vida. Creo que nunca he hecho un recuento como aquél. Le conté todo. Más que una presencia maléfica era un severo juez que lo decía todo con una mirada encendida. Me escuchó y yo presentía su juicio categórico. Mis propias palabras me condenaban.

A pesar del delirio, pienso que aquel relato me transformó, ¿qué caso tenía seguir viviendo así, en un vacío constante?

Al amanecer él desapareció —se había limitado a escuchar— y yo me quedé solo en el cuarto, con la convicción de que ya nada tenía sentido.

"Me van a matar", me dije. "Hoy termina todo".

Fue la tercera alucinación en tres días, una por noche. En la primera viajaba dentro de una cápsula por el espacio sideral, con una sensación de infinito poder. Me gustó. Me veía a mí mismo como en una película de bellos colores. Era actor y espectador.

En la segunda asistía a una orgía en un burdel, rodeado de hombres y mujeres desconocidos y también mirándome a mí mismo como en una película. Ahí empezó la angustia, que llegó a la desesperación después de hablar con el diablo.

Salí a la calle. Amanecía. A la primera persona que vi pasar le regalé mi reloj de oro. Si iba a morir, ¿para qué lo quería? Busqué a un policía y le expliqué mi situación: iban a matarme y necesitaba ayuda. Se rió y me dejó hablando solo. Entré en un hospital con el mismo fin, y un médico me dijo que tomara un tranquilizante y me fuera a dormir a mi casa.

Había dejado de beber días antes por una úlcera que me provocaba agudos dolores.

Sin embargo, por la tarde tomé un par de cervezas, dizque para calmar los nervios, con lo que sólo conseguí ponerme peor.

Renuncié a pedir ayuda. Pasé la noche —una noche eterna— en un terreno baldío, recostado en la tierra. Por supuesto, no logré dormir un minuto. Oí con claridad que alguien me disparaba. "Ya están ahí para matarme", me dije. Y era por demás tratar de huir, para qué.

Recuerdo que pensaba: más que una presencia soy un hueco en el mundo.

Así, con la sensación de que el fin era lo mejor, vi salir el sol.

De nuevo caminé durante horas. Esperaba que me alcanzaran de un momento a otro el hombre o los hombres encargados de matarme, pero al cruzar un puente del Periférico decidí que la espera era demasiado dolorosa. Me dejé caer. Eran las dos de la tarde y el tránsito estaba en pleno. Caí a un lado, junto a la barda que separa los dos carriles, y los autos me esquivaron de milagro. ¿No es de veras un milagro haberme salvado? Recuerdo vivamente los chirridos de los frenos, los gritos de la gente, hasta que llegó una patrulla y se detuvo junto a mí.

Me fracturé las piernas, la cadera y los brazos. Los primeros meses se creyó que quedaría paralítico. Sin embargo, me salvé. No he vuelto a beber desde entonces, hace cinco años.

He vuelto a creer en Dios... y en el diablo. No estoy muy seguro de que las alucinaciones hayan sido sólo producto de mi mente. ¿Y si de veras el delirio, como el sueño, atrae algo que está en el ambiente y no podemos advertirlo dentro de nuestra triste rutina? Hoy creo que el hueco que sentía sólo lo puede llenar la fe en eso otro.

Terminó su relato con la misma serenidad con que lo inició.

Algo era indudable: únicamente la fe en *eso otro* los salvaba. Los médicos nos dicen que el *delirium tremens* es una psicosis alcohólica provocada por una lesión cerebral; reproducible además después de ingerir cierta cantidad de alcohol, experimento realizado en laboratorio con animales. Sin embargo, en la mayor parte de los casos entrevistados esa lesión no parecía dejar huella si se dejaba de beber. Dejar de beber es la condición *sine qua non* para que el alcohólico encuentre el otro rostro de su enfermedad, la salida al final del subterráneo. Porque entonces la experiencia se convierte en un muerte-o-vida, que a través de la lucha contra el alcohol integra la personalidad y abre una nueva concepción de la realidad. En quienes se han curado del *delirium tremens* hay una clara tendencia al misticismo o por lo menos a una creencia en "algo más". Como decíamos, en un sesenta por ciento las imágenes eran de índole religiosa, aunque se agregaran insectos o animales en general y en algunos casos delirios auditivos. El *eso otro* que los aterraba durante la visión parecía ser, volteando la moneda, el *eso otro* que los curaba. ¿Hay que conocer al demonio para en verdad creer en Dios?

En las cartas que se dirigieron Bill W., cofundador de Alcohólicos Anónimos, y C. G. Jung, se aprecia claramente esa preocupación religiosa como única salida:

Enero 23, 1961

Profesor Doctor C. G. Jung
Kusnacht-Zurich.
Seestrasse 228,
Switzerland.

Mi estimado doctor Jung: Esta carta, portadora de mi profundo agradecimiento, estaba pendiente desde hace tiempo. Permítame primero presentarme como Bill W., cofundador de la Sociedad de Alcohólicos Anónimos. Aunque seguramente ha oído hablar de nosotros, dudo que sepa que cierta conversación que usted sostuvo una vez con uno de sus pacientes, un señor Roland H., a principios de los años 30, jugó un papel decisivo en la fundación de nuestra confraternidad.

Aunque Roland H. falleció hace algún tiempo, la recopilación de su extraordinaria experiencia, mientras estuvo bajo tratamiento con usted, ha venido definitivamente a formar parte de la historia de Alcohólicos Anónimos.

Usted le habló de su desesperanza con respecto a cualquier tratamiento médico o psiquiátrico con relación al alcoholismo. Esta declaración suya, tan sincera y humilde, fue sin duda alguna la piedra angular sobre la cual se ha construido nuestra sociedad.

Viniendo de usted, en quien tanto confiaba y admiraba, el impacto en él fue inmenso. Cuando él entonces le preguntó si había alguna otra esperanza, usted le dijo que podría haberla si llegaba a ser objeto de una experiencia espiritual o religiosa; en resumen, una genuina conversión. Usted le explicó cómo una experiencia semejante, si se efectuaba, podría motivarlo de nuevo cuando ninguna otra cosa podría hacerlo. Pero usted hizo la salvedad de que aunque algunas veces tales experiencias habían traído recuperación a alcohólicos, ellas eran, sin embargo, muy raras; usted le recomendó que buscara un ambiente religioso y esperara lo mejor. Esto, creo yo, fue la esencia de su mensaje.

Poco tiempo después, el señor Roland se unió a los Grupos Oxford, un movimiento evangélico por ese entonces en la cima de su éxito en Europa, y del cual usted recordará el gran énfasis que ponía en los principios del autoexamen, confesión y restitución, y el darse uno mismo al servicio de los demás. Recomendaban la meditación y la oración. En ellas, Roland H. encontró la experiencia de la conversión que lo libró por ese entonces de su compulsión por la bebida.

Entonces (1932-1934) los Grupos Oxford habían ya vuelto a la sobriedad a un buen número de alcohólicos, y Roland, sintiendo que él podía identificarse especialmente con éstos, se dedicó a ayudarlos. Uno de ellos resultó ser un antiguo compañero mío del colegio llamado Edwin T. ("Ebby"). Él había sido amenazado con cárcel, pero el señor Roland y otro ex bebedor consiguieron una apelación y lo ayudaron a encontrar la sobriedad.

Entre tanto, yo había seguido el curso inevitable del alcoholismo y había sido también amenazado con ir a presidio. Afortunadamente había dado con un médico —el doctor William Silkworth—, que tenía una extraordinaria capacidad para comprender a los alcohólicos. Pero así como usted se había rendido ante el caso de Roland, él se había rendido ante el mío. Su teoría era que el alcoholismo tiene dos componentes: una obsesión que induce al paciente a beber contra su voluntad e intereses, y cierta clase de dificultad en el metabolismo, que él llamaba alergia. La compulsión del alcohólico garantiza que su bebida continuará, y la alergia da por seguro que el paciente finalmente se destruirá, enloqueciendo o muriendo. Aunque yo era uno de los pocos a quien él creía ayudar; finalmente se vio obligado a hablarme de mi desesperanza; yo también necesitaría ser sacudido. Para mí esto fue un golpe fatal. Así como Roland había sido alistado por usted para su experiencia de la conversión, así mi maravilloso amigo el doctor Silkworth me había preparado a mí.

Enterado de mi estado, mi amigo Edwin T. vino a verme a mi casa, donde me encontraba bebiendo. Estamos en noviembre de 1934. Desde hacía tiempo yo consideraba a Edwin como un caso sin esperanza. Ahora aquí estaba él en un evidente estado de "liberación", lo cual se debía sin lugar a dudas a su mera asociación a los Grupos

Oxford por un corto tiempo. Pero este magnífico estado de tranquilidad, diferente a la usual depresión, era tremendamente convincente. Como él sufría de mí mismo mal, podía comunicarse conmigo muy bien.

Reconocí enseguida que yo tenía que encontrar una experiencia como la de él, o moriría.

Nuevamente recurrí al cuidado del doctor Silkworth y recuperé la sobriedad una vez más, y obtuve así una visión más clara de la experiencia de liberación de mi amigo y del acercamiento de Roland hacia él.

Libre del alcohol, una vez más me encontré terriblemente deprimido. Esto parece que era causado por mi inhabilidad de tener la más mínima fe. Edwin T. me visitó de nuevo y me repitió las sencillas fórmulas de los Grupos Oxford. Seguidamente, después de que él me dejó, me sentí aún más deprimido. En el colmo de la desesperación grité: "Si hay un Dios, que se manifieste." Inmediatamente me sobrevino una iluminación de un enorme impacto y dimensión, algo que yo traté de describir en el libro ***Alcohólicos Anónimos*** *y también en los grupos de AA. Mi liberación de la obsesión por el alcohol fue inmediata. Reconocí que era un hombre libre.*

Poco tiempo después de mi experiencia, mi amigo Edwin vino al hospital y me entregó un ejemplar de ***Variedades de la experiencia religiosa****, de William James. Este libro me hizo ver que la mayoría de las experiencias de conversión, de cualquier clase que ella sea, tiene como común denominador* *un derrumbamiento total del ego. El individuo se enfrenta a un dilema imposible. En mi caso, el dilema había sido creado por mi manera compulsiva de beber y el profundo sentimiento de desesperanza.*

En el despertar de mi experiencia espiritual, me sobrevino la visión de una sociedad de alcohólicos identificados entre sí, y que transmitieran su experiencia al siguiente, a manera de una cadena; si cada paciente llevara la noticia al otro de que el alcoholismo no tiene ninguna esperanza en el campo de la ciencia, podría esperarse que cada nuevo aspirante estuviera dispuesto a una experiencia espiritual transformadora; este concepto ha probado ser la piedra fundamental del éxito logrado por Alcohólicos Anónimos. Esto ha hecho que las experiencias de conversión de casi todas las variedades indicadas por James, estén disponibles a una escala que podríamos llamar al por mayor. Nuestras recuperaciones estables durante el último cuarto de siglo llegan aproximadamente a 300 mil. En América y a través del mundo hay hoy día ocho mil grupos de AA (en 1974 se estimaba el número de miembros en 725 mil y el número de grupos en el mundo en 22 500).

Así que a usted, a los Grupos Oxford, a William James, y a mi propio médico, el doctor Silkworth, nosotros los AA debemos este inmenso beneficio. Como usted verá con claridad ahora, esta sorprendente sucesión de acontecimientos en realidad comenzó hace mucho tiempo en su consultorio, y se fundamentó directamente en su percepción humilde y profunda.

Muchísimos estudiosos AA son atentos lectores de sus escritos. Por su convicción de que el hombre es más que intelecto, emoción y dos dólares de productos químicos, usted se ha hecho querer por nosotros.

También le interesará saber que, además de la "experiencia espiritual", muchos AA reportan una gran variedad de fenómenos psíquicos, cuya fuerza conjunta es considerable. Otros miembros —después de su recuperación en AA— han recibido una gran ayuda de sus seguidores. Algunos han sido seducidos por el ***I Ching*** *y la extraordinaria introducción de usted a dicho trabajo.*

Permítame asegurarle que su lugar en el afecto y en la historia de nuestra confraternidad es inigualable.

Con mis agradecimientos.

William W.

Mr. William W.
Alcoholic Anonymous
Box 459 Grand Central Station
New York 17, New York

Estimado señor Bill W.: Agradezco de verdad su carta. No volví a recibir noticias de Roland H. y a menudo me preguntaba qué había sido de él. Nuestra conversación, que él había relatado adecuadamente a ustedes, tuvo un aspecto que él no conocía. La razón que tuve para no decirle todo es que en aquellos días yo debía ser en extremo cuidadoso con lo que decía, pues me di cuenta de que mis declaraciones eran interpretadas erróneamente. Por ello debí ser muy cauto cuando hablé con Roland H.

Su deseo vehemente de alcohol era el equivalente, a un bajo nivel, de la sed espiritual de nuestro ser por la integridad; expresada en lenguaje medieval: la unión con Dios.

Pero cómo puede uno formular tal percepción en un lenguaje que no sea malinterpretado en nuestros días.

("Como jadea la cierva tras las corrientes de agua, así jadea mi alma, en pos de ti, mi Dios." Salmo 42.1.)

La única forma correcta y legítima para tal experiencia es que de verdad le ocurra a usted, y solamente puede suceder cuando transita por el sendero que lo conduce a un entendimiento más alto. Puede ser conducido a dicha meta por un acto de gracia o mediante el contacto personal y honesto con amigos, o a través de una educación superior de la mente, más allá de los confines del mero racionalismo. Observo por su carta que Roland H. escogió la segunda vía, la cual fue, bajo esas circunstancias, obviamente la mejor.

Estoy convencido de que el principio del mal que prevalece en este mundo lleva a la perdición si no se contrarresta, ya sea por medio de la verdadera percepción religiosa o por el muro protector de la comunidad humana en el sentido de amarnos los unos a los otros como a nosotros mismos. Un hombre común, no protegido por una acción de lo alto, y aislado de la sociedad, no puede resistir el poder del mal, el cual en forma muy apropiada se denomina demonio; pero el uso de tales términos despierta tales errores que lo mejor es mantenerse alejado de ellos lo más posible.

Son estas razones por las cuales yo no estaba en capacidad de dar una explicación suficiente y completa a Roland H., pero me arriesgo a ello con usted ya que deduzco, de su primera carta, que usted ha adquirido un punto de vista que supera las equívocas trivialidades que uno generalmente escucha en relación con el alcoholismo.

Como ve, el alcohol, en latín, es ***spiritus****, y se utiliza la misma palabra tanto para describir las experiencias religiosas más altas como para el veneno más depravador. Una fórmula útil, por lo tanto, es* ***spiritus*** *contra* ***spiritum****.*

Quedo de usted atentamente,

C. G. Jung

IX

Me llamo Laura y soy alcohólica. Es como mi nombre completo. Cada día, mis planes se reducen a veinticuatro horas. Después, no sé. Mi atención está centrada en encomendarme a Dios y en no beber. ¿Para qué más? La angustia ha cedido no sólo porque dejé de beber, sino porque aprendo a vivir aquí y ahora. ¡Qué pavoroso ese tiempo abierto, como un mar infinito, sin un centro al cual asirse! Este instante presente es maravilloso porque es cuanto tengo. Lo que suceda dentro de él será bienvenido. ¿Conoce la Oración de la Serenidad?: "Dios concédeme la serenidad para aceptar las cosas que no puedo cambiar; valor para cambiar las que sí puedo, y sabiduría para distinguir la diferencia." Qué distinto es el mundo cuando se está en paz con Dios y con una misma. Sin grandes ambiciones, sin miedo al mañana, sin rencores, sin esa necesidad imperiosa de "emociones fuertes". Yo intenté suicidarme cinco veces por buscar "emociones fuertes": si no era en la vida había que encontrarlas en la muerte. La sencillez en cambio exige sacrificios, estar alerta, renunciar a los estimulantes del ego, pero sólo ella nos abre los ojos.

Tengo cincuenta y tres años. Nunca me casé. Mi destino desde niña (fui hija única) ha sido la soledad. La mayor parte de mi vida la pasé al lado de mi madre (murió hace apenas dos años), lo que finalmente no hizo sino acrecentar esa soledad. Decía uno de mis psicoanalistas que un adulto nunca está tan solo como cuando busca el refugio al lado de sus padres. Y es cierto. Quizá si hubiera vivido lejos de ella hubiera sido más fácil encontrar la salida, pero ¿qué iba a hacer? Mi padre nos abandonó cuando yo tenía cinco años. Empecé a trabajar a los quince y desde entonces mi madre fue más bien —y a pesar de mis problemas— mi hija. La regañaba, le decía lo que debía hacer y lo que no debía hacer, la sacaba a pasear cuando yo quería y sólo cuando yo quería... Sí, le guardaba un enorme rencor por lo mucho que me limitaba su presencia. Desde que entré en AA me hace bien reconocerlo: antes el sólo imaginarlo me llenaba de culpa.

No estudié una carrera y he trabajado de lo que he podido: de secretaria, de vendedora, de telefonista. Mi enfermedad me hizo perder trabajos en donde, de seguir, hubiera alcanzado una posición económica desahogada. Hoy, a los cincuenta y tres años, no tengo nada, ni siquiera un auto, y necesito trabajar ocho horas diarias para mantenerme. Gasté lo que no tenía en psiquiatras y en psicoanalistas y, por supuesto, en alcohol. Sin embargo, qué puede importarme todo eso si, como le digo, siento que estas horas presentes se me dan gratis.

Tuve agorafobia y al mismo tiempo claustrofobia: no soportaba los espacios abiertos, pero el encierro me llenaba de ansiedad. En otra época me causaba terror asomarme a una ventana porque sentía vértigo. Y luego, la fobia más aguda, terror a cualquier instrumento cortante: navajas, cuchillos, tijeras...

A lo que debía tenerle terror desde que empecé a beberlo fue al alcohol, pero por alguna misteriosa razón los humanos nos refugiamos en aquello que más peligro nos significa, como los niños que temen la oscuridad pero juegan a hacer equilibrios en el barandal del balcón.

¿No es horrible darse cuenta de que aquello que más se teme es en el fondo lo que más se desea? Que el temor nace, precisamente, de una gran atracción. Le digo: me aterrorizaban los cuchillos y las navajas, pues durante una decepción amorosa, lo primero que hice fue correr al baño y —con una sensación de por fin haber realizado lo que más anhelaba— cortarme las venas. Qué paz me invadió cuando vi salir los hilos de sangre. Cuánto había luchado por reprimir el deseo. Justo como cuando se bebe una copa después de una larga abstinencia.

Padecía tanta angustia como usted no tiene idea. ¿Cómo explicarle? Mire, era de repente sentir un miedo que me paralizaba, a la vez que me impelía a salir corriendo. Algo que recorría el espinazo y helaba las manos. Ningún dolor es comparable porque con éste hasta una flor parece un objeto maléfico. ¿Para qué existe?, se pregunta una. ¿Para qué existe esa flor, ese niño, ese muro blanco que en lugar de darme abrigo me aprisiona? Y si salimos a la calle hay más muros blancos que aprisionan. Y si vamos al campo entonces parece que los espacios abiertos nos devoran y lo único que queremos es aquel muro blanco que no soportábamos... Y si nos refugiamos en la gente, por momentos nos sentimos mejor, protegidos, pero luego viene el coletazo y es peor: cómo es posible que me haya atrevido a ser feliz, a olvidarme de mí misma y de mis fobias aunque sólo fuera durante un instante. Es un estar alerta, pero para hacerse el mayor daño posible.

Mi primera borrachera me la puse una noche que, por otra parte, llegué a considerar la noche más feliz de mi vida. No fui noviera, pero en un par de ocasiones estuve a punto de casarme, lo que no sucedió —como siempre— por mis dudas. En cambio me enamoré de un imposible: el esposo de mi mejor amiga.

Lo que más llegó a haber entre Jorge y yo fue un fugaz beso en la boca. Me lo dio cuando lo abracé para darle el pésame por la muerte de su padre. Estaba muy afectado. Levantó el rostro y me dio ese beso, apenas rozándome los labios.

Llegué a mi casa y, sin darme bien cuenta de lo que hacía, abrí el aparador y saqué una botella de coñac que guardábamos para las visitas. Bebí cuatro o cinco copas, yo sola, sentada en el sofá de la sala (mi madre ya se había acostado), feliz, con la sensación de que repentinamente, como un relámpago que lo ilumina todo, la vida adquiría sentido. Recreaba el momento, cerraba los ojos y volvía a sentir el beso.

Al día siguiente desperté con una cruda espantosa pero con un nuevo aliento para vivir. Trabajé con más dedicación y las fobias (las furias, les decía yo) parecieron retirarse un poco. Como si se escondieran atrás de una columna para espiarme, muertas de risa por mi pasajera felicidad.

Todo nuestro amor nos lo dijimos con los ojos. Muy discretamente, pero cuando nuestras miradas se encontraban algo se encendía en mi interior y, estoy segura, en el interior de él. Me era suficiente verlo, verlo aunque sólo fuera de vez en vez. Durante una cena, en un paseo, en su casa cuando él llegaba y yo conversaba con Carmen, mi amiga. Todo era soportable mientras supiera que en algún momento nuestras miradas se cruzarían. Días, semanas, podía esperar el tiempo necesario. Esperanzas así soportan cualquier prueba.

Pero, le repito, el beso fue el punto más alto al que llegamos y el principio del descenso. Una tarde, al regresar del trabajo, me encontré con una carta de Carmen que más o menos decía así:

Sé que estás enamorada de Jorge. Noté cuánto te atrajo desde que los presenté, cuando aún él y yo éramos novios. Supe que lloraste largamente (tu madre me lo dijo) después de que te avisé que íbamos a casarnos. Me era fácil descubrir la alteración de tu mirada, de tu respiración, cuando él llegaba a casa o cuando pasaba por mí a algún sitio en donde tú y yo estábamos juntas. A pesar de ello, continuó nuestra amistad porque te estimo de veras y porque creo que tú también me estimas. Lo que sucedió hace unos días, sin embargo, es distinto. Jorge me lo contó. Estaba tan afectado que al sentir con cuánto cariño lo abrazabas, no pudo resistir darte un beso en la boca. Lo apena muchísimo. Aprovechó tu amor incondicional para desahogarse un poco. Teme que te hagas ilusiones. Pensó explicártelo él mismo, pero finalmente decidió que lo hiciera yo y por carta. Es más fácil. Has de saber que Jorge y yo nos lo contamos todo.

Saqué la botella de coñac, de la que ya sólo quedaba un cuarto, y lo bebí íntegro de un trago. Por primera vez sentí la necesidad imperiosa del alcohol. Mandé a la sirvienta a comprar otra botella. Le pedí a mi madre que me dejara sola, que fuera a su recámara. No podía estarme un segundo quieta. Todas las fobias regresaron de golpe y creí que iba a morir. En realidad era lo único que deseaba: aquella noche me bebí yo sola media botella, y en la madrugada, moviéndome torpemente como dentro de una nube, les hablé por teléfono a Jorge y a Carmen. Les supliqué que fueran a mi casa, necesitaba hablar con ellos urgentemente. Deben de haberme oído muy mal porque, en efecto, a los veinte minutos estaban ahí. Sólo que cuando tocaron el timbre sentí tal terror que corrí al baño y me corté las venas con una Gillette. Fue cuando, le decía, me invadió una infinita paz, un ritual largamente esperado que por fin se cumplía.

Forzaron la puerta. Mi madre gritaba con las manos en la cara. Carmen llamó por teléfono una ambulancia. Lo que recuerdo con más claridad es el deseo morboso de que Jorge viera correr mi sangre. Era una sensación muy particular: como si me viera desnuda. Como si sólo en ese acto autodestructivo pudiera realizarse nuestro amor.

Me salvé de la Gillette, pero no del coñac, que a partir de entonces pasó a ser mi única compañía. No volví a ver a Jorge y a Carmen. Entré en tratamiento con un psicoanalista que me recetó Librium y me enredó aún más las ideas. Busqué a mi padre porque deduje que era el centro de todos mis problemas, pero no lo encontré. Me volví más agresiva con mi madre para que los resentimientos no me quemaran por dentro. Leía libros sobre la emancipación femenina y salía a cenar con todo el que me invitaba, aunque apenas me daban el primer beso les suplicaba que me llevaran a mi casa. Tenía una limitación: no podía emborracharme frente a nadie. Era como un acto vergonzoso. Quien me veía pedir discretamente un campari antes de la cena no imaginaba que al llegar a casa iba a beberme ocho o diez copas de coñac. Sólo mi madre se enteraba, pero no le daba importancia, como no le dio nunca importancia a lo que sucedió a su alrededor. Si acaso me sugería que no bebiera tanto porque podía enfermarme... Estaba al borde de la muerte y ella temía que pudiera enfermarme. Un día se atrevió a comentarle a un médico amigo de la familia que yo bebía demasiado y me enfurecí. La amenacé: si volvía a decirlo me largaba de la casa y la dejaba sola. Lloró, pidió perdón y por supuesto nunca volvió a hacer un comentario así.

Pobrecita de mi madre, siento que vivió con los ojos cerrados y de paso me arrastró a su oscuridad. Pasaba el día viendo la televisión y deambulando como un fantasma por la casa. En una ocasión, ya borracha, le grité que no la soportaba, que se largara en ese momento, y le abrí la puerta del departamento. Salió llorando y se sentó en las escaleras, adonde corrí a rescatarla un par de horas después, muriéndome de la culpa.

Cambié de psicoanalista y de tranquilizantes. En lugar de la teoría freudiana me aplicaron la frommiana. El centro del problema no fue ya el padre ausente y el complejo de Electra frustrado, sino qué hacer con mi existencia, en qué actividad desarrollar mi reprimida creatividad. Leí más libros y con una amiga traté de estudiar inglés por las noches, saliendo del trabajo. Pero mi alcoholismo avanzaba como un cáncer y llegó un momento en que lo único que deseaba al salir del trabajo era encerrarme en mi recámara con la botella de coñac.

Parecía que continuaba mi vida normal (lo que, por cierto, nunca fue) pero por dentro me consumía. Dormía mal y en la madrugada necesitaba echarme otro trago. Al principio resistía hasta la hora de la comida para beber la primera copa; luego tuve que llevar una anforita de brandy en el bolso para curarme la cruda a media mañana. Por supuesto, me lo empezaron a notar. Era secretaria en un bufete de abogados, y uno de ellos habló muy seriamente conmigo. Yo era cumplida, puntual, honrada, no había queja en ese sentido. Pero últimamente resultaba notorio que... a veces... en fin, llegaba bebida. Muy discretamente, eso sí, y sin cometer ninguna impertinencia, pero los ojos me delataban. Y era un pésimo ejemplo para el resto del personal. Además, ¿qué me sucedía? Yo era una muchacha guapa, inteligente, ¿qué problemas me obligaban a beber así? ¿Por qué no buscaba un buen muchacho y me casaba?

Me solté llorando. No podía detenerme. Le conté todo: de mi padre que nos abandonó, de lo egoísta que era mi madre, del amor frustrado por Jorge, de mi incapacidad para entregarme a un hombre. Se portó muy amable, pero frío y distante: dijo que contaba con él para lo que necesitara, me recomendó a un médico amigo suyo y mandó a su chofer a que me llevara a mi casa.

Con enormes sacrificios dejé de beber una semana. Pero parecía que las fobias esperaban ese momento para lanzarse todas juntas sobre mí. No soportaba ver un cuchillo porque estaba segura de que iba a clavármelo. Salía temblando a la calle y el encierro me producía vértigos y mareos. Iba a misa de siete todas las mañanas y ahí tuve mi primera alucinación.

Vi que por los pies del Cristo del altar subía una voraz fila de hormigas. Cerré los ojos y me apoyé en el reclinatorio. Recé varios padrenuestros concentrándome lo más que puede en las palabras, pero cada vez que abría los ojos las hormigas habían avanzado un poco más. Salí de la iglesia con la sensación de que terminarían por llegar al rostro del Cristo y devorarlo. Algo en verdad horrible que de sólo recordarlo todavía se me enchina el cuerpo.

Al día siguiente o a los dos días, estaba sentada en mi escritorio pasando en limpio unas actas cuando me entró un deseo compulsivo de lanzarme por la ventana. Trataba de pensar en otra cosa, me concentraba en lo que escribía, pero era por demás. La ventana continuaba ahí, como una invitación a terminar, a salir de una buena vez de tanta angustia y esfuerzo inútil.

Resistí, pero al llegar a la casa recaí. Bebí un trago de coñac, como ha de beber agua un náufrago.

Mi psicoanalista me dobló la dosis de tranquilizantes y continuó buscando en mi pasado la causa de mi ansiedad. Me aconsejó una actividad creativa, una relación duradera, interesarme por los demás; vivía como dentro de una esfera de cristal.

Entre la culpa por beber, por ser incapaz de entregarme a un hombre, por tratar mal a mi madre, por advertir que en mi trabajo se daban cuenta de todo, además de las fobias que iban en aumento, llegué a una especie de callejón sin salida y volví a cortarme las venas. (Es curioso, pero nunca pensé en empastillarme, me parecía un suicidio demasiado tranquilo, que *no se veía*; la sangre en cambio como que dejaba al descubierto mi alma.) A partir de entonces empieza una época muy borrosa. Cambié varias veces de trabajo, pasamos penurias económicas, no salía con nadie, traté de suicidarme otras tres veces de la misma manera, y mi madre, pobre, corría a llamar a las vecinas y se repetía el sainete con la ambulancia, con los médicos y con los familiares que iban después a visitarme. Obviamente no quería morir puesto que nunca intenté un verdadero suicidio. Lo de las venas, le repito, era más bien como un ritual.

Por fin, una mañana llegó a buscarme una mujer a quien una compañera del trabajo le había contado de mí. Era de AA. Me explicó el programa y acepté acompañarla a una junta. El primero de los doce pasos —"admitimos que éramos impotentes frente al alcohol y que nuestras vidas habían llegado a ser ingobernables"— me abrió los ojos de una manera inmediata. Qué descanso admitirlo, qué descanso dejar de luchar con las ideas, con las culpas, con el fantasma del padre ausente, con la búsqueda de una supuesta creatividad reprimida que no encontraba por ningún lado. Yo era alcohólica y lo primero que necesitaba era dejar de beber y confiarme a un poder superior.

Además, quizá lo más importante, dejé de estar sola. Ahora contaba con un grupo de amigos que me entendían, padecían mi enfermedad, no me daban "consejos", corrían a mi lado cuando sentía que podía recaer, sustituían a la botella con el calor que me brindaban.

Sin embargo —qué paradójico—, a pesar de por fin haber encontrado sentido a mi vida, aún me faltaba lo peor. Dejé de beber, pero enseguida me asaltaron las horripilantes pesadillas, que culminaron una noche en que abrí los ojos y continué viendo lo que soñaba. Como si el sueño se proyectara en una pantalla. El personaje único era un hombre alto, muy delgado, con unos ojos como de haber bebido y con una sonrisa burlona. Sostenía en la mano una pila de fotos que me mostraba, una por una, como las cartas de una baraja.

—Mira —me decía—. Pudiste haber tenido este hijo, y este otro, si hubieras tenido el valor de entregarte a un hombre.

Yo gritaba: "¡No quiero verlos, no quiero verlos!", pero aunque me llevaba las manos a la cara y cerraba los ojos continuaba la visión.

En otras fotos aparecía como una mujer dichosa al lado de mi supuesto esposo y mis supuestos hijos.

No concibo mayor dolor que el que me causó aquella presencia maléfica. Aunque fuera reflejo de mi propia conciencia, ¿dónde si no ahí puede esconderse el demonio?

Pasó. Resistí, y la compulsión por beber y las culpas y las fobias se fueron alejando.

Desde entonces no me ha sucedido nada extraordinario pero, le digo, cada mañana despierto con la sensación de haber renacido.

X

Dos hileras de añosos álamos flanquean la calle de Tlalpan que conduce al sanatorio Lavista. En las noches, la luz neón de los faroles argenta las ramas y les da un aspecto de fantasmas vigilantes. Minimizan las tormentas, apresan el agua como esponjas, y luego la sueltan en forma pausada, como una llovizna artificial. Ofrecen una sensación de paz y de vida que contrasta con la angustia que se percibe de golpe —como un olor penetrante— apenas se entra en el sanatorio psiquiátrico. Una gran puerta de madera se abre a un recibidor en donde los médicos van y vienen, y los enfermos se delatan por sus ojos pasmados y los músculos tensos. Con que persista un rayo de conciencia, ser internado en un sanatorio como éste debe de producir un estremecimiento parecido al del reo que conducen a prisión. Algo se ha quebrado internamente, el fracaso adquiere la forma de la puerta que chirría al abrirla y del escalón que hay que subir. El mundo ya no es el mismo. El devenir normal de placer, dolor, indiferencia, sueño y olvido, se detiene como una película que deja una imagen congelada. Se antoja que la conciencia se anule. Que nadie se dé cuenta. Y, sin embargo, a veces es ahí en donde aprenden a darse cuenta.

—Precisamente por el estado tan crítico en que se encuentran —comenta el doctor Elizondo— las juntas de AA que les organizamos aquí en el sanatorio resultan determinantes en su posible curación.

En la pared principal de su consultorio hay un cuadro que le regaló un pintor alcohólico: una ristra de botellas vacías, apenas iluminadas, que caen unas sobre otras. Desolación es el sentimiento que produce. También nos mostró un poema que en esos días le dedicó un maestro de escuela que estaba ahí internado:

> Con las manos y el alma temblorosas
> impregnadas con cieno de arrabales lle-
> gué aquí sin aliento y con fatales recuer-
> dos de mis noches tormentosas.
>
> Mis ojos no veían sino escabrosas imáge-
> nes del mal. En los umbrales contempla-
> ba mis propios funerales y mi "otro yo"
> temblaba ante estas cosas.
>
> Redescubrí mi "yo" pausadamente y al
> fulgor de una estrella cristalina se ilumi-
> nó otra vez mi oscura mente.
>
> Maldije al tobogán de la cantina.
> Odié mis tenebrosas odiseas y exclamé:
> ¡Sobriedad, bendita seas!

De un trabajo del propio doctor Elizondo extraigo algunos párrafos sobre la ayuda que presta AA en la terapia:

Respecto a los grupos de Alcohólicos Anónimos, podemos declarar con la más plena convicción que ningún plan terapéutico que tenga como meta la rehabilitación del alcohólico puede tener éxito sin su ayuda. Esta maravillosa asociación, que tiene más de cuarenta años de fundada y que actualmente cuenta con grupos en todo el mundo y varios millones de miembros, está formada exclusivamente por hombres y mujeres alcohólicos que han tomado la determinación de dejar de beber y que se ayudan mutuamente para mantenerse en sobriedad. Son seres de buena voluntad que están dispuestos a ayudar desinteresadamente a aquel que desee dejar la bebida. También ha sido muy útil nuestra experiencia hospitalaria de trabajar coordinadamente con los grupos de AA, pues los resultados han sido alentadores. Hemos visto que es dentro de estos grupos donde empieza a surgir en el paciente la motivación para el cambio. La causa del éxito de este tipo de terapia radica en que se salva el obstáculo de la relación enfermo-autoridad. El médico (o el terapeuta) es casi siempre visto como el padre rígido y autoritario o la madre controladora y dominante; en cambio, en la relación enfermo-enfermo surge un mecanismo de identificación que se refuerza hasta provocar que el enfermo, espontáneamente y por primera vez, se interese en la resolución de su problemática. Obviamente, cuando se manejan de forma simultánea la asistencia a los grupos de AA, la psicoterapia de grupo dirigida, la psicoterapia individual y el psicodrama, los resultados positivos se obtienen mucho más rápido.

Aproveché mi visita para comentarle al doctor Elizondo del caso de Gabriel: las pláticas con Dios, la obsesión por el *Réquiem*. Le narré el tipo de vida que llevaba, la soledad, la firmeza de sus convicciones, lo agudo de sus pensamientos.

¿Era parte de la enfermedad —o, quizá, el rescoldo de la enfermedad— esa tendencia a lo mágico?

También le conté de un encuentro que había tenido en esos días con un pintor, alcohólico, quien sin haber padecido *delirium tremens*, ilustraba espléndidamente con sus cuadros lo que podía ser la enfermedad: la combinación de objetos sin aparente relación, los animales grandes y pequeños, el personaje absorto que los contempla como una película absurda. Me confesó que cuando permanecía demasiado tiempo sobrio sentía que su impulso creador perdía fuerza, la pintura se mecanizaba. Sus crisis emocionales —relacionadas directamente con la bebida— eran fuente necesaria para su arte. Pero lo que ligaba su caso con el de Gabriel era el fantasma con el que mantenía comunicación permanente. Me dijo que recién cambiado a la casa que ahora habita —por haberse separado de su esposa: otro rasgo en común— sentía una inquietud constante que logró ubicar al enterarse de que ahí se había suicidado un hombre, el antiguo inquilino. El pintor entró en contacto con el espíritu del suicida, quien no lograba desprenderse de los lazos emocionales que determinaron su vida y su muerte: como todos los asesinos, se veía obligado a regresar una y otra vez al lugar del crimen que cometió contra sí mismo.

El doctor Elizondo me comentó también de algunos casos de alcohólicos que al dejar de beber habían encontrado refugio en lo esotérico. ¿Síntoma de que no habían sanado del todo?

Nos centramos en el caso de Gabriel: ¿había una tendencia a la esquizofrenia que acentuó el alcohol? (Al leer esto, Gabriel ha de soltar una sonrisa burlona, elevando únicamente una de las comisuras de los labios y moviendo la cabeza a los lados, y con toda razón.)

Elizondo me leyó una breve descripción de los rasgos que caracterizan la esquizofrenia simple:

"...el paciente se queja de trastornos somáticos vagos y múltiples: cae en una apatía o en una inercia invencibles. Pero esta 'fatiga' o esta 'depresión' cubren una serie de posiciones psicóticas ya antiguas: desinterés hacia una actividad sistemática, desorden sexual, conducta afectiva paradójica (frialdad, brutalidad con sus allegados, por ejemplo). Con frecuencia, el aislamiento social es 'justificado' por concepciones nebulosas sobre la marcha del mundo, la religión, la abstinencia, etc. Casi siempre es posible, aunque a veces muy difícil, captar en el curso de esta evolución una cierta actividad delirante o alucinatoria de forma discreta que los que le rodean ni siquiera habían notado. En estas formas es donde se dan situaciones extraordinarias. Tal sujeto, durante más de un año, continuó viviendo 'normalmente' a los ojos de su familia, mientras había abandonado todo trabajo y deambulaba por la ciudad, entrando y saliendo a sus horas habituales. Tal otro era considerado por sus allegados como un inventor porque había conseguido albergar sus tendencias artísticas en un laboratorio donde preparaba descubrimientos, en el curso de una actividad tanto más misteriosa cuanto discordante; etc. Esta forma ambulatoria de la enfermedad puede manifestarse a veces peligrosamente, y algunas reacciones agresivas revelan su secreto de modo trágico. Todo parece, pues, resumirse en una agravación progresiva de la inafectividad y del desinterés. En estos casos, es preciso buscar cuidadosamente los trastornos del curso del pensamiento, los elementos a menudo difuminados del delirio, que se revelan en la rareza de las motivaciones o de las conductas. Por ejemplo, un pequeño funcionario sin iniciativa y formal, que consulta al médico por preocupaciones hipocondríacas, puede actuar en su casa como un verdugo que mantiene a su familia en una vida completamente mecanizada y ritualizada y, en definitiva, se trata de una evolución esquizofrénica de marcha lenta y que data de varios años."

Sin embargo, aunque algunos de los rasgos de la esquizofrenia —como el aislamiento, la creencia en lo mágico— podrían corresponder a la personalidad de Gabriel y de otros alcohólicos que han dejado de beber, lo que resalta en el trato con ellos no es la apatía que menciona el texto médico sino, por el contrario, el interés en la vida y, sobre todo, en la parte oculta de la vida: en su misterio.

Las simplificaciones y las clasificaciones rígidas generalmente terminan por complicar más las cosas: lo que de veras vive brinca con descaro inaudito de un casillero a otro y finalmente sale volando por la ventana, ante la mirada indignada del médico, quien se queda con el grillete vacío en la mano.

XI

Quizá si no hubiera luchado tanto con las alucinaciones no habría sufrido como sufrí. Porque siempre fui consciente de que estaba delirando. Algo como una doble conciencia, un desdoblamiento, no sé. Como en esos sueños en que sabemos que estamos soñando. Me decía: lo que veo no es real. El mundo es este mundo de la alucinación, pero hay también el otro, del que me sentía culpablemente expulsado. Y tuvo sus ventajas: hoy he redescubierto lo que me rodea, la belleza infinita de tocar, oír, ver las cosas como realmente son.

La primera fue en la oficina. La pluma fuente con la que escribía se transformó en una repugnante cucaracha. La dejé caer y enseguida volvió a ser una pluma fuente. Fue un aviso y debí dejar de beber. No lo hice y las alucinaciones continuaron. En una ocasión estaba en una junta de directivos del despacho en que trabajo y a uno de ellos empezó a subirle por el cuello una fila de hormigas. No son reales, me dije, no son reales. Cerraba los ojos y sudaba. Lo controlé y aguanté hasta el final de la junta.

Los objetos se transformaban: un lápiz podía convertirse en la cola de una lagartija.

Una cuchara en una pequeña culebra. Un florero en un acuario. Abría la llave del agua y salía un chorro de hormigas.

Luego apareció la rata.

Fue una noche. Estaba acostado y la vi posada sobre mí, en el embozo de la sábana. Me miraba con sus ojitos centelleantes. Me temblaba todo el cuerpo pero no me movía. Sentía miedo de sentir miedo. Creía que mi voluntad podía controlarlo todo...

Intenté dejar de beber, pero como las alucinaciones aumentaban recaía.

La rata aparecía algunas noches en mi cama.

—¿Eres real? —le preguntaba—. Déjame tocarte.

Pero no me atrevía porque abría el hocico y me mostraba sus dientes, blanquísimos y filosos.

Hablaba con ella. Le decía que era yo mismo, producto de mi imaginación enferma, que no tenía existencia real y por lo tanto era una pobre rata que desaparecería del mundo en cualquier momento. Temblaba y sudaba pero no me salía de la cama.

Curioso, pero a la rata sólo la veía en mi cama y por las noches.

Estuve casado con una mujer sensible e inteligente que perdí por culpa del alcohol. Actualmente es una pintora de cierto prestigio, lleva una vida plena con su nuevo marido y con nuestros dos hijos.

Había un recuerdo obsesivo. Se repetía como un símbolo de todo lo que tuve y que perdí. Fue durante un viaje a Veracruz. Una tarde salí a leer a la playa mientras mi esposa le daba de comer al más pequeño de nuestros hijos, que en ese entonces tendría unos dos años. A la caída del sol la vi venir hacia mí con los dos niños de la mano. Un último rayo del sol hacía reverberar sus figuras, las delineaba. Había un mar tranquilo, con crestas rojas, y un cielo despejado que empezaba a oscurecerse. En ese escenario y a esa hora eran como un espejismo, envueltos en un halo sobrenatural.

Jamás se repetiría el encuentro. Aunque tuviera otra mujer y otros hijos, ya no serían aquella mujer y aquellos hijos. Además de que sólo los amo a ellos, son únicos e irrepetibles para mí. Nunca he vuelto a sentir deseos de formar una nueva familia, continúan siendo mi familia, aunque estemos separados.

Si pudiera apresar esa imagen, me decía. Si pudiera conservarla con la pureza y la fuerza originales...

El alcohol parecía realizar ese milagro. Ya borracho y con la ayuda de la música que oíamos mi esposa y yo cuando vivíamos juntos los veía venir hacia mí, dentro de la espesura del atardecer, como suspendidos sobre la arena.

No podía soportar la idea de que aquello hubiera terminado. Cada despertar era igual al anterior: el estremecimiento, la punzada en la boca del estómago porque ya no estaban más a mi lado. Hay realidades que son infinitamente más difíciles de aceptar que la muerte. Varias noches deseé intensamente el valor necesario para acabar con mi vida. Quizá fue mi cobardía lo que me salvó o tal vez en el fondo nunca perdí del todo la esperanza de que ella comprendiera, reaccionara, se diera cuenta. ¿Quién iba a amarla como yo la amaba? ¿Quién iba a darles a nuestros hijos el cuidado que les daría su verdadero padre?

Renuncié a hablar con ella. No tenía caso.

Es una mujer de convicciones firmes y si había vuelto a casarse era porque vivía entregada a un nuevo hombre. Además, mi alcoholismo le despertó un notorio rechazo y condicionó las visitas de los niños a mi sobriedad, lo que equivalía a prohibirme verlos. Por otra parte, ver a los niños solos, sin ella, resultaba doloroso, hacía evidente la realidad y por lo tanto mi caída.

Desesperado, recurrí a espiarlos. Averigüé los restaurantes que frecuentaban y en más de una ocasión me instalé atrás de una columna, ante el asombro de los meseros y de las personas de las mesas cercanas. Gozaba de sus risas, casi podía adivinar sus palabras, sus comentarios sobre la comida, sobre un paseo próximo, sobre una película, sobre el trabajo o sobre la escuela. En esos momentos yo era el otro, el hombre que había usurpado mi lugar. Llegué, en mi imaginación, a disfrazarlo con mis facciones y a vestirlo con mis ropas. Al final la pregunta o el llamado por el hombro de un mesero me obligaba a darme cuenta de dónde estaba y con esfuerzos volvía a la realidad, parpadeante.

Durante unas vacaciones (diez días sin obligaciones, qué horror) toqué fondo, como decimos en AA. Tanto me defendía argumentándome que mientras cumpliera con mi trabajo no era un alcohólico, que la falta de éste me llenó de miedo. ¿Qué hacer durante el día? No tenía amigos, había dejado de frecuentar a mis parientes, mis aficiones se reducían a sentarme en un sillón a oír música y a recordar... con la botella junto. Decidí que lo mejor era alejarme de la ciudad y me fui, por supuesto, a Veracruz. Dispuesto, además, a no beber una sola copa.

La primera noche, después de una frugal cena acompañada de varias tazas de café, decidí pasear un rato por la playa. Lo peor que podía haber hecho. En la silueta de cualquier persona que descubriera a lo lejos se aparecían mi mujer y mis hijos como aquella tarde que he narrado. Lloré largamente mirando al mar y le rogué a Dios que me ayudara. Creo que hasta recé. Tenía años de no pensar en un posible Dios. Ni siquiera me preocupaba por el tema. Pero algo se estaba resquebrajando en mi interior, anuncio inminente de lo que iba a venir.

Me acosté con una confusión de sentimientos e ideas y no pude dormir. En determinado momento supe que ahí estaba la rata. Abrí los ojos y la vi, bastante mayor que las veces anteriores. Me miraba colérica. Le dije que se fuera, que me dejara en paz, que estaba harto de ella y de todos los insectos que se me aparecían. Agité la sábana para ahuyentarla, cerré los ojos, hundí la cabeza en la almohada, pero sabía que continuaba allí al acecho. Y cuando volvía a mirarla estaba aún más grande. Entonces comprendí que iba a seguir creciendo a medida que avanzara la noche y me invadió un terror insufrible. Salí del cuarto en piyama y bajé corriendo a la administración para que me dieran otro cuarto. Debieron de haberme notado muy afectado porque me lo dieron enseguida.

Pero era una solución absurda: apenas me metí en la nueva cama, supe que la rata me había seguido y me seguiría a donde quiera que fuera. Traté de calmarme, de acostumbrarme a su presencia como tantas noches anteriores. Fingí una carcajada, le dije ¡hola amiga mía, aquí estás por fin; no sabes cómo te he extrañado, ven, acércate un poco más para saludarte, a ver esos hermosos dientecillos blancos, sabes que eres mi única compañía! Pero era obvio que en esas circunstancias no iba a funcionar la treta que me tendía a mí mismo porque no estaba borracho y porque la repulsión ante una rata que engorda por segundos como un globo era más fuerte que yo.

Salí corriendo del hotel, así, en piyama, y pasé la noche caminando por la playa, yendo y viniendo para no alejarme demasiado del hotel. La otra obsesión, la imagen de mi mujer y los niños avanzando hacia mí, fue ocupando poco a poco en mi mente el sitio de la rata.

Al día siguiente me temblaban las manos y sudaba frío. Debo de haberme bebido unas quince tazas de café en lugar de desayunar. Los objetos se distorsionaban y flotaban dentro de una sustancia viscosa. Aguanté sin beber como hasta las once de la mañana, hora en que bajé corriendo al bar y pedí un vodka doble. Lo bebí de un trago y la paz de los cielos descendió a mí. Me pregunté cómo pude haber resistido todo el día anterior, la noche entera y parte de la mañana. Entonces comprendí cuánto me ayudó encomendarme a Dios mientras caminaba por la playa y lloraba como un niño. La verdad es que no podía continuar dentro de aquel infierno. Conseguí un boleto para el vuelo de la tarde y regresé a México. Necesitaba hablar con alguien que comprendiera mi problema, soltarlo todo, dejar de defenderme, y recordé, como el náufrago que ve el salvavidas, la conversación que meses antes había tenido con un amigo alcohólico anónimo.

En el avión escribí una carta a mi esposa (mi ex esposa debería llamarle, pero no me acostumbro), en la que le relataba cuanto me había sucedido. Le confesaba que los espiaba en los restoranes, que la continuaba amando, que no soportaba ver a los niños solos, que la escena de aquella tarde en la playa era para mí una obsesión, que mi vida se reducía a recordar y a beber. "Suceda lo que suceda y hasta el final de mis días, ustedes serán mi única familia", terminaba. En una palabra, le abrí mi alma, y de alguna manera sirvió como exorcismo porque me tranquilizó y ayudó a que me centrara en el problema inmediato: el alcohol.

Decidí dejar de beber y en Alcohólicos Anónimos encontré el apoyo que necesitaba. Las alucinaciones se fueron alejando poco a poco. Continuo viviendo solo, pero me refugio menos en la melancolía y trato de entregarme más a lo que me rodea. Quisiera que mi último pensamiento antes de morir fuera como aquel que tuve al mirar el mar y descubrir a Dios: de encomendarme a Él humildemente.

XII

Volví a ver a Gabriel una noche en su casa. Ofreció terminar de contarme su calvario alcohólico (como él lo llamaba). "¿Cuál es en el fondo la diferencia entre estar clavado en una cruz o amarrado a una cama mientras las cucarachas se le incrustan en el cuerpo y las ratas lo muerden?", había preguntado la vez anterior. Y la verdad es que así contado me pareció mucho peor estar amarrado a una cama mientras se padecen tales alucinaciones.

Le llevé pan y queso y los comimos frente al gran cuadro del Greco, envueltos en la luz amarillenta de la araña. Empezó con una larga digresión sobre la frivolidad del mundo actual. Había yo comprendido que el moralismo de los AA era parte consustancial de sus experiencias (y de su curación, claro) y decidí integrarlo a los relatos, aunque por momentos se corriera el riesgo de debilitarlos o de caer en ciertas repeticiones. Pero el otro camino era mutilarlos, quitarles la envoltura, dejar el puro acontecer sin la reflexión interior.

Se nos enseña a divertirnos, a comprar cosas inútiles, a comer como glotones, a ambicionar un poder absurdo social y económico

—comentaba con su exaltación característica cuando algo le interesaba—. Pero dígame quién nos enseña la mesura, la humildad, el amor a la vida. Y, sobre todo, ¿nos enseñan a concentrarnos, a controlar nuestro cuerpo? Estamos condenados a volvernos una especie de Cristóbal Colón con respecto a nuestra propia alma. ¿Quién nos enseña, por ejemplo, a entrar en el estado alfa, necesarísimo para la relajación? Y luego se extrañan de que uno beba y vea cucarachas. Olvidemos la religión. Vayamos a lo que la ciencia ha comprobado en el laboratorio.

Del librero tomó un volumen. Lo golpeó un par de veces contra la palma de la mano libre para quitarle el polvo y, de paso, subrayar su trascendencia mientras decía: esto, esto es lo que debemos atender para acercarnos a Dios. Intrigado le pedí que me dijera el autor y el título. Era un estudio sobre el sueño de dos psicólogos norteamericanos: Gar Gaer Luce y Julius Segal.

—Asómbrese usted: me lo regaló un sacerdote con quien he tenido largas pláticas sobre mis experiencias extrasensoriales. Me dijo que Dios pone frente a nosotros todos los caminos posibles para que nos acerquemos a Él —llámese religión, ciencia o política— y si no los vemos es porque queremos continuar ciegos.

Me leyó un capítulo completo —con un entusiasmo creciente y contagioso—, del que extraigo algunos pasajes:

Casi no hay semana en que los periódicos nos traigan noticias pequeñas y a veces espurias de cosas que se piensa que no pueden ocurrir, de maravillas humanas. En la década de 1920, muchos yoguis fueron enterrados vivos en el suelo, con o sin ataúdes. Un santo insomne de una provincia del noroeste de la India dijo que había vivido veinticinco años en una cueva, en un estado continuo de éxtasis contemplativo. En la década de 1930, se habló de una anciana de una selva de Bengala que rara vez dormía y nunca comía. Más recientemente se habló de un joven físico de Massachusetts que enviaba mensajes en código Morse con sus ondas cerebrales. Un médico de San Francisco informó que pacientes profundamente anestesiados habían repetido después las conversaciones sostenidas por sus cirujanos en el quirófano, mientras se hallaban en estado de inconsciencia. Un psicólogo de Arkansas fue visitado por un paciente que podía hacer, a voluntad, que le sudaran las manos. Hazañas singulares de control corporal y disciplina mental han distinguido como casi sobrehumanos a ciertos individuos a lo largo de la historia. Podían no sentir dolor, dormir a voluntad, soportar escarificaciones o arrostrar peligros como héroes. Sus facultades se han estudiado con algún detalle y revelan la índole de la mente con que se nos ha dotado y lo que podemos aprender a hacer con ella.

Las hazañas de los yoguis fueron estudiadas por dos médicos en la India. Encontraron a un hombre que podía ponerse a sudar por la frente a voluntad. Se había pasado inviernos helados en cuevas del Himalaya, solo, desnudo, sentado en una piel de animal, meditando, y había aprendido a "pensar caliente", elevando la temperatura de su piel a la rapidez de latido cardíaco, lo cual hizo ante los científicos. Llevando colocados instrumentos, unos yoguis pararon sus corazones. De hecho, lo que hicieron fue contraer algunos músculos, con lo cual disminuyó el flujo de sangre hacia el corazón y su pulso se hizo casi imperceptible, asimismo bajó su presión sanguínea. El entrenamiento de los yoguis incluye ejercicios intensos de control de la respiración y durante una relajación deliberada se ponían a meditar sentados sobre sus piernas cruzadas y exhibiendo un ritmo alfa semejante al de la persona relajada antes de quedar dormida. N. N. Das y H. Gastaut observaron las ondas cerebrales de yoguis que mantuvieron perfecta inmovilidad durante horas. A medida que se iban acercando al estado de éxtasis o iluminación, sus ritmos alfa se transformaban y mostraban una pauta que se parecía al sueño MOR o a la concentración intensa en estado de vigilia. Eran insensibles a distracciones, estaban pálidos, inmóviles, y tenían una profunda relajación muscular como la del que tiene ensueños MOR. La rigurosa disciplina yogui de la respiración, la postura y el pensamiento puede dar lugar a un estado de meditación que cumple algunas de las funciones del dormir.

Los budistas zen también llegan a la iluminación mediante largas y disciplinadas meditaciones, sentados en una posición conocida con el nombre de flor de loto, que se efectúa manteniendo los ojos fijos en un punto del piso. Practican también la respiración rítmica para alcanzar un estado interior imperturbable y es sabido que algunos han meditado durante varias horas seguidas y que han prescindido del sueño a lo largo de varios días consecutivos. El meditador zen podrá parecer dormido, pero de hecho mantiene un delicado equilibrio entre un estado de alerta instantáneo y una serenidad relajada. Según un estudio EEG hecho en el Japón, el meditador zen se encuentra también en un estado continuo de ritmo alfa. Las ondas cerebrales dejan un trazado uniforme, de unas nueve a doce por segundo. Es un estado peculiar, pues se da en la relajación que precede al sueño, a veces en la persona dormida que está a punto de despertar —e intermitentemente durante la vigilia— no obstante lo cual no constituye, al parecer, ni una vigilia activa ni un sueño.

Hace varios años, Joe Kamiya, del Instituto Langley Porter de Neuropsiquiatría de San Francisco, inició un programa de estudios para descubrir si las personas comunes y corrientes podían "sentir" el estado alfa y controlarlo.

Cuando voluntarios ingenuos del laboratorio comenzaron a aprender a identificar su ritmo alfa, el experimentador contempló un proceso análogo al de observar a un niño que está aprendiendo a señalar dónde le duele en el vientre, en vez de sólo llorar, hasta que finalmente emplea palabras para describir el dolor. Los sujetos —enfermeras, estudiantes, amas de casa y técnicos— se hallaban acostados en la recámara del laboratorio, con los ojos cerrados. Esporádicamente, oían sonar una campanilla. Lo único que tenían que hacer era adivinar si sonaba por causa del estado alfa o por haber llegado a otros niveles de conciencia. Kamiya, que estaba observando su registro EEG, anunciaba de inmediato si estaban en lo cierto o equivocados. Luego descansaban unos minutos hasta que la campanilla sonaba de nuevo. Después de varias sesiones, comenzaron a acertar la mayoría de las veces. Para incredulidad de Kamiya uno de ellos se convirtió en un experto muy rápidamente y no falló ni una sola vez.

Ninguna de estas personas había "sentido" este estado antes. Ni siquiera sabían cómo llamarlo. ¿Cómo aprendieron a percibir un ritmo en el cerebro y a controlarlo? Cuando se les preguntó, algunos voluntarios dijeron que el estado alfa les daba una sensación agradable, serena, que era un estado vacío de imágenes visuales. Cuando querían suprimirlo, se imaginaban cosas visuales, veían una escena cualquiera o un rostro. Es interesante señalar que los voluntarios dijeron que se necesitaba hacer un esfuerzo para salir del estado alfa. Una vez que aprendieron a mantenerlo, empezaron a ignorar distracciones externas y casi no percibieron la campanilla que se les había dicho que silenciaran. No todos los sujetos alcanzaron el mismo grado de destreza, pero Kamiya consideró que, con un poco más de práctica, todos podrían alcanzar un elevado nivel de destreza. Algunos sujetos, de un estudio posterior, llegaron incluso a controlar la frecuencia de su ritmo alfa. El electroencefalógrafo ha sido utilizado con éxito para enseñar mediante retroalimentación. En unas cuantas sesiones, los voluntarios han aprendido a identificar y controlar un estado ineluctable que, según lo que dicen los budistas zen, requiere a menudo de varios años de entrenamiento.

En la práctica zen, la meditación sostenida deberá conducir a una experiencia de iluminación, a una unión con el inconsciente, o como algunos lo han dicho, a la revelación del propio yo físico en unidad con toda la naturaleza. Se dice que se parece al paraíso de los niños, que despierta el asombro ante cada detalle de la naturaleza, ante la frágil sensación de un parpadeo o el velo tenue de luz sobre una hoja.

Es un estado que puede poseer propiedades terapéuticas y sería beneficioso para personas tensas que padecen trastornos psicosomáticos, si pudieran aprender a alcanzar esta serenidad a voluntad. Al igual que la meditación de los yoguis, parece ser restaurador. Un ama de casa estadounidense que meditó durante cinco días, sin dormir en un retiro zen fue atentamente observada por un psiquiatra para descubrir los efectos de la pérdida de sueño. No mostró ninguna de las deformaciones visuales o de las confusiones que podían producirse normalmente al cabo de cinco días de no dormir. Más bien, parecía estar restablecida.

En los párrafos que quería subrayar, me miraba con unos ojos enormes y enarcaba las cejas como diciendo dese cuenta nomás, cuándo imaginó algo parecido. Después de unos cuarenta y cinco minutos de lectura corrida terminó el capítulo, cerró el libro y lo volvió a golpear contra la palma de la mano libre.

—Esto es lo que debemos de atender, amigo mío. Imagínese una sociedad en la que sus miembros aprendan a controlar sus emociones, llámese amor u odio, que encuentren más placer en un estado alfa que en el fútbol, la televisión, el baile desenfrenado o las drogas. Imagínelo. Lo exterior —la política, esas cosas— sólo cambiará cuando cambie nuestro interior.

—Pero mientras no haya una política que propicie el estado alfa, dudo que los miembros de una sociedad por sí solos lleguen a él.

Puse el dedo en la llaga porque dijo ¡ah!, se puso de pie y empezó a caminar por la pieza de un extremo a otro.

—No sólo está usted equivocado, amigo mío, sino que sus ideas representan un verdadero peligro para quienes lo rodean. Promueve usted un estado pasivo que sólo conseguirá prolongar el problema. Nada tan contagioso como una idea, recuérdelo. El ser humano necesita afianzarse de ellas como el cojo de una muleta o de una pata de palo. Recuérdelo. Veamos.

Clavaba los ojos en el suelo al caminar como para impregnar su pensamiento del ritmo de sus pasos. Entrelazó los dedos en la espalda.

—El problema no es que una política propicie el estado alfa. El problema es que nadie quiere caer en ese estado. Por eso es imposible la sociedad ideal, por la inercia que nos mueve, característica esencial de la condición humana. También en esto le hablo por experiencia, como cualquier alcohólico anónimo. Algo es indudable: nadie quiere dejar de beber. Sólo se llega a descarlo cuando se comprende que el laberinto no tiene puertas de salida, o mejor dicho, que la única puerta de salida es la muerte. O sea: dejar de beber es cuesta arriba, un verdadero acto sobrehumano. Por eso de mil casos se salva uno. Pues lo mismo sucede con el estado alfa, nadie quiere enfrentarse a sí mismo, controlar sus emociones, permanecer tranquilo en la meditación. Por lo tanto, no se necesita ser un visionario para adivinarlo, esta es una sociedad condenada tarde o temprano a la autodestrucción. Vamos, es una sociedad alcoholizada, y usted sabe que el alcoholismo es una enfermedad progresiva y mortal.

Se detuvo frente a mí y me apuntó con un índice enorme que casi me obligaba a ver bizco.

—Y le voy a decir algo más: lo mejor que podemos hacer es prever el desastre, anunciarlo por doquier. Si usted supiera, por ejemplo, que se acerca un nuevo diluvio universal, ¿qué haría? ¿No prepararía a sus hijos para defenderse de las aguas? O por lo menos para que aprendieran a resignarse ante la realidad en caso de que no hubiera manera de luchar. ¿Sabe por qué mi mujer no me deja ver a mis hijos? Porque traté de enseñarles la meditación zen y volverlos vegetarianos.

Movió la cabeza a los lados y el brillo de su mirada se apagó por un momento.

—Ahora bien, supongamos que no hay tal diluvio universal. ¿No es la muerte un desastre para el que muere? El mundo, este mundo, se acaba, y el alma emprende rumbos desconocidos. ¿Quién nos prepara para ese tránsito? Ahí vamos por la vida, a la deriva, sin conocernos a nosotros mismos y sin conocer la tierra que pisamos, partiendo de una filosofía absurda: lo que tenga que venir que venga. Cuando mucho de eso por venir depende en ocasiones de una cierta decisión, de un estado tranquilo o de un estado alterado. Pero es tan fácil dejarse llevar por la corriente.

—¿Usted ha practicado el estado alfa?

—Por supuesto. Es gracias al estado alfa que he tenido más visiones después de dejar el alcohol.

—¿Cómo lo logra? Cuénteme.

—Hago yoga unas tres o cuatro horas, dejo que mi mente se vacíe de imágenes y pensamientos, me concentro en un punto fijo y mis facultades innatas de médium logran el resto.

—¿Usted llama a los espíritus con los que ha hablado?

—Yo los llamo. O a veces vienen solos.

—¿Ha organizado sesiones espiritistas?

—Jamás. Son una comercialización inmunda.

—Cuénteme una de esas conversaciones. Por ejemplo la que tuvo con sus padres. ¿Por qué vinieron? ¿O usted los llamó?

—Antes tendría que continuar con el relato que inicié la vez pasada, las visiones que siguieron al primer ataque de *delirium tremens*, porque en ellas descubrí mis facultades extrasensoriales.

—Adelante.

XIII

Estaba en esa etapa terrible del alcoholismo en que una copa es demasiado y cien son insuficientes.

Mi mujer se llevó al niño a casa de sus padres y me quedé solo en nuestro departamento.

Dejé de ir a la oficina y bebía todo el día. Al principio hablaba con mis amigos por teléfono o íbamos a comer y a beber para contarles mis penas. Me escuchaban afligidos, me daban consejos, me prestaban dinero. Insistieron en que fuera a una sesión de Alcohólicos Anónimos, pero sin la intención de dejar de beber, es por demás, lo sabemos. Terminaron por hartarse y hasta dejaron de contestarme las llamadas. Lo mismo los vecinos del edificio, que en algún momento se interesaron por mí. Soledad y alcohol parecen destinos convergentes.

Malbaraté mi ropa y hasta algunos muebles para comprar bebida —cada vez de peor calidad— y un poco de comida. Me quedé con un par de sillas y una mesa de la cocina que llevé a la sala, frente a la ventana. Ahí me pasaba el día entero, bebiendo y rumiando mis penas. Veía pasar a la gente por la calle y me parecía que habitaban otro planeta. Hoy reconozco que es cierto: uno es el mundo del alcohol y otro, muy distinto, el de la sobriedad.

—¿Por qué no sales y habitas el mundo de afuera? —me preguntaba a mí mismo.

La respuesta era sencilla y, por ello, atroz:

—Porque soy fiel al mundo de *adentro*.

Ya se entiende que ese *adentro* era inseparable del alcohol y sus fantasmas. Quizá por eso mi delirio fue con un fantasma, que podía simbolizar a Dios, a mi padre, a mi jefe, pero que a fin de cuentas no era sino yo mismo.

"Murió mil muertes", se dice del crudo. La verdad es que era mucho peor que mil: era una sola muerte extendida, de infinita tortura. Una muerte que no moría. Mejor dicho, morías y seguías muriendo. Morías todo el día y toda la noche y aún te esperaba más muerte. La muerte al despertar, al dormir, al soñar, al mirarte al espejo. Como si al mirarte al espejo contemplaras, ya, tu propia calavera.

A veces, desesperado, salía a la calle. Caminaba un rato o comía en una fonda —cada vez menos—. Pero sólo una cosa era segura: tarde o temprano estaría de nuevo en mi silla, frente a la ventana, con un mayor dolor —si era posible— que la vez anterior.

El delirio que padecí fue únicamente uno y suficiente para obligarme a reaccionar. Por suerte, no entré en los laberintos de otros compañeros, que se degradan hasta la ignominia, golpeando a la gente, bebiendo alcohol del 96 o amaneciendo tirados en la calle. Yo, con la aparición de mi fantasma tuve.

Fue una tarde, al despertar de una siesta bochornosa. En algún momento oí que llamaban a la puerta. Fui a abrir y a quien descubrí parado bajo el dintel fue a mi mismísimo jefe, al jefe de la oficina, el señor Peredo, con quien guardaba yo una gran culpa por haber abandonado el trabajo como lo abandoné, después de su paciencia y amabilidades conmigo.

¿Me explico si digo que lo veía a sabiendas de que era el fantasma de mi jefe? Estaba del todo consciente de la alucinación, de la imposibilidad de su presencia, y sin embargo hablaba y me dirigía a él como si en efecto estuviera ahí, frente a mí.

Actuaba, hacía señas y gestos, reverencias, sobreactuaba (nunca había tenido especial atracción por el teatro, suponía hasta ese entonces).

Me pasé una tarde completa dentro de una obra —un monólogo en realidad— que yo mismo escribí, monté, y en la que era el director, el apuntador, los actores y el espectador. ¡Qué locura, Dios mío! ¡Las trampas que nos tiende la soledad! Le aseguro que ahora que lo recuerdo no sé si llorar o reír. ¿Se imagina que alguien nos filmara en nuestros peores momentos, producto de la embriaguez? ¿Soportaríamos volver a vernos? Y, sin embargo, la película la llevamos dentro, en nuestra memoria, y basta con cerrar los ojos para proyectarla cuantas veces lo deseemos. Lo cierto es que el día siguiente, al despertar en el suelo de la sala y darme cuenta de lo que había hecho, me entró tal ataque de pánico que —ahora sí convencido— corrí a refugiarme en un grupo de Alcohólicos Anónimos en el que aún sigo. No más soledad, no más droga, no más apariciones.

¿Qué tanto le dije al fantasma de mi jefe que me obligó a tocar fondo? No lo sé exactamente, aunque sí recuerdo muy vivamente algunos pasajes, como cuando lo recibí.

Me sudaban las manos al hablar:

¡Señor Peredo, cómo es posible, usted aquí! Nunca imaginé, pero pase, pase por favor. Está usted en su humilde casa. Siento no estar preparado. Cómo no me avisó. Siéntese, hágame el favor. Aquí, en la única silla que me queda. Vendí los demás muebles, ya le explicaré. ¿Gusta quitarse el abrigo? Permítame. Le confieso que de momento, cuando lo vi ahí, parado en la puerta, temí que algo en mi trabajo... Que hubiera venido obligado por un problema inaplazable, del que yo fuera el responsable, un desfalco en mi área, por ejemplo. No imagina el susto. Y es que, compréndame, yo no podía suponer esta visita, tan inesperada. Pero qué torpe soy, no le he ofrecido nada de beber. Sólo tengo tequila, y no es de muy buena calidad. Todo está tan tirado, tan sucio. Pero es que mi mujer no está en México, sabe usted. Me habría gustado tanto recibirlo como usted se merece.

Y, entre trago y trago, me puse a hablar como tarabilla. En algún momento me hinqué frente a él, supuestamente le besé la mano, lo abracé, lo obligué a golpearme —golpes que, por supuesto, yo mismo me propiné—, me arrastré por el suelo, yo también traté de golpearlo, de estrujarlo y azotarlo contra la pared, todo dentro de un llanto convulsivo, histérico, infantil. Como me ha dicho un amigo psicólogo: hice mi psicoanálisis, que a veces lleva años, de golpe y porrazo, en una sola tarde y con un fantasma. Pero, bueno, parece que el psicoanálisis se hace siempre con fantasmas. Este mismo amigo me recomendó que escribiera lo que recordara de mi alucinación, y lo he intentado, pero con el problema de que al escribir no sé cuánto le agrego o le quito. Es como otra experiencia la escritura. Por eso prefiero el puro recuerdo, aunque se me diluya día a día.

En un principio me mostré de lo más amable:

Cuénteme la razón de su visita, señor Peredo. Otra vez estoy acaparando la conversación. Perdóneme, pero ésta ha sido una sorpresa tan agradable. Nunca imaginé que usted pudiera visitar a un pobre empleado como yo. Me está dedicando minutos exclusivos de su valioso tiempo, y el tiempo para un hombre como usted es oro. Y ha venido usted sin siquiera invitarlo, de sorpresa, lo que me obliga a creer que, como usted dice, me estima de veras. Lo único que siento, sabe usted, es que no esté mi esposa. Fue a ver a su madre que está un poco enferma. Se llevó a nuestro hijo. Tiene usted que conocerlos. Son dos ángeles, señor. Son lo que más amo en la vida. Yo tuve la suerte de conocer a su señora esposa en la fiesta de aniversario de la oficina, ¿lo recuerda? Usted mismo me la presentó. Una señora de lo más amable, tan fina. Tiene usted una esposa verdaderamente adorable. Tenemos suerte de haber encontrado a la compañera ideal. Me encantaría que nos reuniéramos los cuatro. Lo sé, señor Peredo, y se lo agradezco tanto, pero aun así, éste no deja de ser un acontecimiento único en mi vida.

Hasta que en algún momento pasé a los insultos.

No soporto el infame trabajo que realizo, no soporto esa oficina gris y tétrica en que lo hago, no soporto los números que debo revisar y pasar en limpio, no soporto saberlo a usted dentro de su oficina traslúcida, siempre tan serio, tan derechito, tan imperturbable, tan amable con todos, tan puntual. ¿Por qué llega antes que todos nosotros, eh? ¿No se da cuenta cuánto nos humilla con eso? ¿Por qué nunca se enoja? ¿Por qué nunca nos reclama acalorado? Hasta cuando fui a pedirle disculpas por haber llegado medio bebido una mañana, usted se mostró de lo más comprensivo y me dio el día, consejos entre sonrisas, expresiones de bondad, caras tan blandas y fofas como una gelatina. Al abrazarlo durante las fiestas de fin de año tengo la misma sensación: que no tiene usted huesos, que es una masa amorfa y pútrida, que no está vivo, que es peor que si estuviera muerto, que es una de las peores gentes que he conocido; que no soporto más las ganas de escupirlo, de golpearlo. ¡Así!

Y, en fin, le hablé pestes de mis padres, a quienes perdí de muy niño, de mi esposa, de mis amigos. De mi esposa, por ejemplo, le dije que era una bruja horrenda, que le tenía miedo y por eso bebía, que nada me era más repugnante que hacer el amor con ella, que hasta en alguna ocasión vomité después de hacer el amor con ella, que no soportaba su aliento, su risa, su manera de caminar, que seguía a su lado sólo por nuestro hijo.

¿Sabe usted lo que más me afectó al día siguiente de la alucinación, al verme en el espejo? Los arañazos que yo mismo me había hecho. Unos arañazos que abrieron surcos en la piel de las mejillas, como señales inequívocas de mi odio al mundo, a todos, a mí mismo.

Hoy reconozco que fui ése —mejor dicho *aquél*—, pero también soy el hombre que intenta reconciliarse con el mundo, con todos, consigo mismo. He vuelto a mi oficina y mi mujer y mi hijo regresaron a la casa. Por supuesto, el alcohol ni lo huelo.

XIV

A pesar de su repudio a los monólogos, a Gabriel no le va a quedar más remedio que realizar uno dentro de este libro. Incluir mis intervenciones ya no tiene caso. Quizá no lo tuvo nunca, pero prefería arriesgarme porque sus respuestas inflexibles, su transición paulatina a la amabilidad, su ambivalencia en el trato, podían brindar una imagen más clara de su desconcertante personalidad. Por supuesto, esos elementos continuaron condimentando nuestras pláticas, pero en forma más o menos repetitiva, y ya no agregarían mayor información, por lo cual prefiero desaparecer del escenario, condensar su relato, y dejarle a él la palabra:

Me pusieron una camisa de fuerza y en el sanatorio me amarraron a una cama porque no dejaba de arañarme y de golpearme. ¿Usted imagina lo que sentí al ver que las cucarachas hundían sus patas en mi piel como en mantequilla? Y las ratas me daban pequeños mordiscos con sus dientecillos filosos. Las tenía en todo el cuerpo, pero me angustiaban especialmente las de la cara, que no podía ver pero las sentía. No dejé de gritar, de suplicar auxilio. Pedía que me bañaran en agua muy fría o muy caliente. O que me rociaran con flit. Cualquier cosa con tal de ahuyentar esas imágenes terroríficas. En lugar de ello me amarraron a una cama... Se necesita ser médico —o sea lo más parecido a un carnicero— para recurrir a una solución tan burda, tan poco humana. Yo he visto compañeros con *delirium tremens* y lo primero que les pregunto es cómo puedo ayudarte, dime, qué ves, qué te están haciendo, cómo lo ahuyentamos. Entiendo que haya enfermos que se mueran de la pura contracción muscular porque la angustia de los insectos que los devoran y la incapacidad de luchar contra ellos —de no poder mover ni siquiera una mano— es insoportable.

En una ocasión, un compañero sentía con claridad la mano ardiente del diablo en un hombro. Cuando le pregunté qué podía hacer por él me dijo suplicante que ponerle ahí una bolsa con hielos. Con ella mejoró notoriamente. Además le hablé en susurro al oído: que el diablo ya se iba a ir, que él mismo lo había llamado por las culpas que guardaba, pero que ahora necesitaba perdonarse a sí mismo, buscar a Dios. Lo que crea la mente sólo la mente puede curarlo, ¿no cree usted? Y lo primero es averiguar de dónde vienen las visiones que se están padeciendo. Yo, durante mi *delirium tremens*, siempre tuve conciencia de lo que sucedía. Casi diría que hasta había una cierta autocrítica. Pero no podía evitar ver lo que veía. Por desgracia, la cura tuve que encontrarla en mí mismo, a través de un laberinto de dolor.

Dicen que estuve delirando toda la noche. Para mí fue sólo un momento eterno. Exteriormente podían haber transcurrido mil años o un segundo: mi tiempo, como le decía, era otro tiempo. Recuerdo cuando empezaron a marcharse. De repente en los pies ya sólo sentía unas cuantas cucarachas, luego en el pecho. Las ratas sólo me mordían, y muy suavemente, de vez en cuando. "¡Se están yendo, se están yendo!", dicen que grité. Me empezó a invadir un enorme consuelo y entré en un estado de absoluta paz. Dije: "Gracias, Dios mío", y mis músculos se relajaron. Durante el ataque yo había tenido la seguridad de morir, de que terminarían por devorarme. Verlas marcharse fue, por lo menos momentáneamente, como renacer.

Dormí varias horas. Me mantuvieron a base de sedantes. Entonces comencé a darme cuenta de lo que había sucedido y nació una nueva angustia: van a regresar, en cualquier momento van a regresar. Angustia que, le aseguro, no es muy distinta a tener ya ahí encima de uno las alimañas y las ratas: a veces la espera de lo que nos destruirá nos enloquece más rápido, como demuestran muy bien las novelas de terror. No podía ver una mancha en la pared porque imaginaba que era la primera cucaracha y que atrás venían las demás. No podía sentir un poco de comezón en el cuerpo porque significaba que las patas de una de ellas habían empezado a hundírseme en la piel.

Estaba en tal estado de nervios que durante una semana tuvieron que darme de comer en la boca porque no lograba sostener la cuchara. Salía a dar pequeños paseos por el jardín del brazo de una enfermera, pero el chirriar demasiado fuerte de una puerta, el ladrido de un perro o simplemente un relámpago en el cielo, bastaban para suplicar que me llevaran enseguida a mi cuarto. El contacto con los enfermos mentales que estaban ahí era, por supuesto, abrumador, y a veces no soportaba ni la presencia lejana de alguno de ellos.

Sentía un gran decaimiento pero lo prefería a dormir. Luchaba contra el sueño a pesar de los sedantes. Porque, lo sabía, las pesadillas eran la antesala de las visiones.

Había una recurrente:

Caminaba por una calle del centro de la ciudad. De repente, la gente que me rodeaba ya no era, como yo, personas civilizadas (de alguna manera hay que llamarlas), vestidas normalmente, sino caníbales morenos con taparrabos y pieles en los hombros. Emitían un canto ensordecedor, gutural por momentos, ululante en otros, y tocaban el tambor frenéticamente. Bailaban y agitaban las manos en el aire. Las mujeres traían el pecho desnudo y se contorsionaban con descaro. Una de ellas cargaba el cadáver sangrante de un perro al que propinaba desesperadas mordidas, desprendiéndole jirones de carne roja. La sangre escurría por las comisuras de sus labios y le manchaba el cuello y el pecho. Me miraba con ojos desorbitados. Yo me preguntaba: ¿dónde estoy, Dios mío, dónde estoy? Corría de un lado al otro, daba vueltas en las esquinas, pero volvía a encontrar a la misma multitud desenfrenada. Yo sabía que eran caníbales y que en cualquier momento iban a devorarme así como la mujer devoraba al perro. Caía al suelo de rodillas y hundía la cara entre las manos. Entonces el canto aumentaba y oía sus pisadas a mi alrededor. En algunas ocasiones despertaba en ese momento. Pero en otras empezaba a sentir las mordidas de los caníbales en mis brazos y en mis hombros y mi despertar era asfixiante y en medio de gritos de dolor.

Lo soñaba y lo soñaba y presentía que no era sino el anuncio de una realidad: ver con los ojos abiertos cucarachas y ratas sobre mi cuerpo.

Pero ya no volvieron y con el pasar de los días recuperé la calma. Regresé a mi casa y en lugar de comprensión encontré en mi esposa un severo rechazo. En mis padres, la preocupación plañidera de siempre, como si más que emborracharme me hubiera caído de la bicicleta y tuvieran que consolarme. Los niños me miraban con ojos de asombro, era yo un bicho raro dentro de mi propia familia. En mi trabajo (la fábrica de mi padre) también me recibieron con esa curiosidad morbosa que intenta disfrazarse de preocupación. Me sentí aislado, en medio de miradas de soslayo, consuelos infantiles y gestos de repudio de mi esposa. No tenía alicientes. Comparo aquella vida con la que llevo ahora y me pregunto: cómo pude soportarla. Hoy me preocupo por conservar mi cuerpo sano, por desarrollar al máximo mis facultades extrasensoriales, por ampliar mi cultura literaria y musical. Aunque vivo solo, estoy en contacto con las almas de los muertos, que son las únicas que pueden brindarnos verdadera compañía y comprensión. En aquel entonces deambulaba por el mundo como una sombra incierta que no sabía para qué estaba aquí ni a dónde dirigirse. Por supuesto, tal estado de ánimo tenía que conducirme de nuevo al alcohol. Encontrar la ocasión adecuada fue lo de menos.

Estaba con mi esposa en casa de unos amigos, sentados los cuatro a la mesa. Acabábamos de cenar y sólo mi lugar no tenía una copa de vino, sino un vaso con agua mineral.

Salió a colación el tema de las relaciones sexuales, factor determinante para la armonía de una pareja, según nuestros amigos.

—¿Y qué significa si en una pareja ya no hay relaciones sexuales? —preguntó con falsa ingenuidad mi esposa.

—Bueno, podría ser el síntoma de que algo anda mal —contestó él, mirándome de reojo al notar el rumbo de la pregunta.

—Pero muy mal, ¿no? —agregó mi esposa.

—Sin relaciones sexuales, un matrimonio no puede llamarse matrimonio —comentó la esposa de nuestro amigo.

—Además, para un ser humano normal, las relaciones sexuales son una necesidad como comer, ¿no? —y mi esposa me clavó unos ojos como dardos.

—Eso varía —suavizó él—. Resulta inevitable que en todas las parejas haya altas y bajas en la pasión sexual.

—O que se acabe esa pasión.

—Si se acaba la pasión lo que en realidad se acabó fue el matrimonio —terció, malignamente, la esposa de nuestro amigo.

—¿Y sería mejor disolverlo? —con la misma expresión de quinceañera inexperta.

—Yo pienso que el amor, cuando es auténtico, puede soportar cualquier prueba —volvió a tratar de conciliar nuestro amigo, que notaba mi molestia creciente.

—Eso, el amor —dije con los puños apretados—. Pero cuando en lugar de amor lo único que hay es una necesidad animal, de perra, lo sexual tiene que resultar determinante.

Provoqué un silencio tenso. Nuestro amigo tragó gordo y pareció hundirse en la silla. Mi esposa me miró con ojos encendidos.

—Después de seis meses de abstinencia a cualquier mujer se le vuelve una necesidad lo sexual.

Traté de calmarme y llevé las puntas de los dedos a la sien. Hablé sin mirarla.

—Tú sabes que he estado enfermo. El alcoholismo es una enfermedad como cualquier otra y ataca muy directamente la potencia sexual.

—La aniquila, mejor dicho —agregó ya en franca agresión.

Iba a pedir que cambiáramos de tema, que eran problemas íntimos que sólo nos concernían a ella y a mí, pero la esposa de nuestro amigo se adelantó:

—Los hombres siempre encuentran disculpas para hacer lo que hacen o para no hacer lo que deberían hacer. ¿Por qué no piensan también en nosotras? ¿Qué creen que sentimos cuando los vemos llegar borrachos, acostarse a nuestro lado apestando a cerveza?

Era cierto, pensé. Yo había provocado el desamor de mi mujer. Bastante paciencia había tenido conmigo. Bajé la cabeza. Nuestro amigo dijo que, por cierto, había una película magnífica que había tratado el tema: *Días de vino y rosas*, con Jack Lemmon, ¿la habíamos visto? De ahí se saltó a otra película, que exhibían en esos días, y se suavizó la atmósfera. Pero mi sensación de pequeñez y de soledad iba en aumento. Todo estaba perdido: nadie me amaba, sólo lástima y burla podía despertar.

Necesitaba una copa, pero si me servía vino provocaría una arenga. Me detendrían la mano, por favor Gabriel, ¿estás loco?, acabas de salir del sanatorio hace unos meses, piensa en tus hijos. Me paré al baño, desesperado, y le di un trago a una loción.

Estuvimos un rato más, yo casi sin abrir la boca, y en el camino a casa mi esposa lloró. No le dije nada. Pidió perdón por haberme ofendido, pero me confesó que estaba harta y desesperada. La dejé en la puerta de la casa y regresé al auto. Trató de detenerme pero la empujé, corrió tras de mí gritando que si bebía no volvería a saber de ella, que se llevaría a los niños lejos, muy lejos. Por el retrovisor vi su figura ridícula empequeñecerse hasta que terminó por integrarse a la oscuridad.

No se marchó y seguí bebiendo. Dos meses después estaba yo de nuevo en un sanatorio con las cucarachas hundiéndoseme en la piel como en mantequilla.

XV

¿Qué simbolizaban para mí las imágenes del *delirium tremens*? Los celos que sentía por mi mujer. Vi una culebra que colgaba de una lámpara y caía sobre mí. Y el horror no era muy distinto al que me despertaba la posibilidad de comprobar las actividades clandestinas de mi esposa. Aunque la verdad también había como un deseo secreto de que sucediera lo que sin remedio tenía que suceder. Que descendiera el horror y me tragara, para qué continuar en esa espera dolorosa.

Llevaba varios años bebiendo en forma creciente. Vendo terrenos y por suerte (o por mala suerte) nunca he dependido de un horario y de un jefe. A veces veía un solo cliente, a veces veía diez. Primero bebía mi primera copa antes de comer. Luego necesité empezar antes de salir de la casa: un traguito de vodka para agarrar fuerzas. Soy muy hogareño y me gusta estar con mi mujer y mis hijos. En las noches cenaba con una botella de vino que bebía íntegra yo solo. Platicábamos un rato y nos íbamos a la cama, tranquilos. Sin embargo, a la botella de vino se agregaron un par de brandys. Y mi esposa y mis hijos se entristecían cuando me veían trastabillar al ponerme de pie, o soltar una grosería o una impertinencia, yo, que siempre he sido tan cuidadoso al hablar con mi familia.

¿Por qué no se detiene uno a tiempo? No lo sé. ¿Por qué nos provocamos ese daño si aparentemente lo tenemos todo: salud, familia, buena posición económica? ¿Por qué distorsionamos en esa forma la realidad y vemos y palpamos lo que sólo existe en nuestra imaginación?

Porque los verdaderos problemas empezaron una tarde en que regresé a casa antes de lo previsto y mi esposa no estaba. Me serví un poco de vodka con hielos y me senté en el sillón de la sala. Los niños me saludaron y fueron a su recámara a jugar.

—¿Te dijo la señora adónde iba? —pregunté a la sirvienta, que guardaba en el aparador unos vasos.

—No, señor. No dijo nada.

Una sombra cruzó frente a mí. El terror empezó a descender. En doce años de casados jamás me había pasado por la cabeza la posibilidad, pero ¿por qué no? Mi esposa me engaña.

Seguí a la sirvienta a la cocina.

—¿Sale seguido la señora?

—A veces.

—¿Y no te deja dicho adónde va, algún teléfono al que pudieras llamarle?

—No, señor.

Regresé al sillón y al calor de otros tres vodkas imaginé las más tórridas escenas de infidelidad. De repente di como un hecho que me era infiel. La veía, con la misma claridad con que vi después la culebra, en brazos de otro hombre. A ese otro hombre mi imaginación lo fue delineando poco a poco hasta que adquirió una forma total: de unos treinta años, alto, moreno, muy velludo, con una sonrisa seductora. Se veían en el departamento de él, decorado con muebles modernos. Había una gruesa alfombra anaranjada en donde se recostaban a oír música. Luego empezaban a besarse lentamente. Él le hablaba al oído y ella sonreía. Él le besaba el cuello, la mejilla, una oreja, llegaba a los labios y ella entrecerraba los ojos. Entonces las manos de él bajaban al primer botón de la blusa y lo desabotonaban. La luz pálida de una lámpara en uno de los rincones de la pieza envolvía la escena en una fina malla transparente.

Recuerdo que me dije: más claro ni el agua, y el vaso cayó de mi mano. Temblaba. Miré uno de los hielos en la alfombra y en él, como si fuera una bola de cristal, transcurrió el resto de la escena: el momento en que terminaba de desnudarla. El momento en que la penetraba. El jadeo de ella, los movimientos de su cuerpo.

Me serví el cuarto vodka. Sudaba y tenía la respiración alterada.

Salí del departamento y bajé a la calle a esperarla.

Cada minuto era un siglo.

Ahora se están despidiendo, no tarda en llegar, me dije.

Luchaba contra los pensamientos pero no podía controlarlos. Nacían con vida propia, se enlazaban unos a otros con una lógica contundente.

Al verla sentí deseos de matarla. Me sonrió a través de la ventanilla del auto. Parecía de lo más tranquila. Hipócrita, me dije, como si no supiera yo su secreto.

Le abrí la puerta del garage y la seguí hasta que estacionó el auto.

—¿Dónde estuviste? —le pregunté apenas bajó.

Me miró con sorpresa. Llevaba varios paquetes en las manos.

—Fui a comprar una tela para la colcha de nuestra cama.

Un pretexto perfecto, pensé. Además, cómo se atreve a mencionar nuestra cama después de venir de donde viene.

—¿Por qué no dejas dicho adónde vas?

—¿Para qué? Ni modo que me llamen a un almacén.

—Si les pasa algo a los niños, cómo te avisan.

—No me tardé. Estuve fuera una hora y media.

Traté de reaccionar y de olvidar cuanto había imaginado. Pero la semilla estaba sembrada.

Aquella noche bebí más de lo común y después de cenar, al pararme de la silla, me caí. Mi esposa trató de ayudarme pero la rechacé.

—Vete con él y déjame en paz —le dije.

—¿Con quién?

—Tú sabes con quién. Con tu amante. Con el hombre con el que hiciste el amor hoy en la tarde.

—Estás borracho. ¿Cómo te atreves a decir una cosa así frente a los niños?

Los niños nos miraban con unos ojos que les llenaban la cara. Los tomó de la mano y los llevó a su recámara. Oí el llanto de los tres y me sentí ridículo, ahí tirado, inventando escenas de celos sin ningún fundamento.

Esperé a que los acostara y le pedí que habláramos, pero me dijo que en el estado en que yo estaba no tenía caso. Me amenazó con una separación si seguía bebiendo y se metió en la cama. Entonces me senté a su lado y le pedí perdón, no volvería a suceder, dejaría de beber. La besé apasionadamente y los dos lloramos.

Esta escena se repitió varias noches: mis celos, las amenazas de ella y ya borracho hacerle el amor con verdadera locura, jurándole amor eterno y no beber más.

Caía en la casa de sorpresa, en la mañana o en la tarde y, si no la encontraba, la espantosa película volvía a proyectarse.

En las reuniones con amigos trataba de descubrir al culpable, pero ningún hombre coincidía con el que yo imaginaba y deduje que lo había conocido por su cuenta, en el banco quizá, o se lo había presentado alguna amiga.

Si usted conociera a mi esposa se reiría de mis celos. Después del segundo embarazo engordó y hasta ha caído en una cierta dejadez en el cuidado de su persona. No es bonita y apenas si se pinta. Le costaría trabajo encontrarle un solo rasgo de coquetería, que todas las mujeres tienen pero que mi esposa parece haber reprimido. Pues a esa mujer, que se ha dedicado a mí y a nuestros hijos en cuerpo y alma, la he torturado durante meses con los celos más absurdos.

La espiaba por el ojo de la cerradura del baño para averiguar si acaso cierto día de la semana se arreglaba con especial delectación.

Si la notaba triste le preguntaba furioso en quién estaba pensando.

La sometía a largos interrogatorios:

—¿Adónde fuiste?

—Con mi madre. Tú sabes lo enferma que ha estado. Háblale si quieres comprobarlo.

—¿Cuánto tiempo estuviste con ella?

—Una hora.

—¿Por qué entonces llegaste a las siete si habías salido a las cinco?

—Porque se hace media hora de ida y media de regreso. Tú lo sabes.

—¿A quién llamaste por teléfono hoy en la mañana?

—A nadie. Pregúntale a la sirvienta.

—¿Por qué tardaste tanto en el banco?

—Porque había mucha gente. Además no tardé mucho. Media hora cuando más.

—Si en el banco se te acercara un hombre y tratara de entablar conversación contigo, ¿qué le dirías?

—Bueno, me portaría amable, pero nada más. Tampoco va una a portarse grosera con la gente.

—Pensar así es una magnífica entrada para el abordaje de cualquier conquistador.

—¿Quién va a tratar de conquistar a una mujer como yo? Estás loco.

—Eres una mujer reprimida que en cualquier momento podría desatarse y hacer lo que no haría ni una prostituta.

—No soy una mujer reprimida. Soy una mujer normal.

—Sí eres una mujer reprimida. ¿No tienes a veces deseos de vivir una aventura?

—Para nada.

—¿Nunca has tenido sueños eróticos?

—Nunca.

—Todos los seres humanos tenemos sueños eróticos. ¿Por qué tú no?

—No lo sé. Nunca me acuerdo de mis sueños. Déjame en paz.

—Lo ves. Algo quieres ocultarme.

Y luego el llanto de ella, mi remordimiento, sus amenazas de marcharse de mi lado con los niños, mis promesas de que no volvería a suceder, sus gestos de desesperación, mis caricias consoladoras...

Buscaba en sus cajones alguna pista, revolvía la ropa, metía la mano en su bolsa, revisaba minuciosamente su libreta de direcciones...

Nada.

Sin embargo, compré una pistola y la guardé en la cajuelita del auto, que mantenía cerrada con llave, por lo que pudiera ofrecerse.

Entre la bebida y el pensamiento obsesivo de que mi mujer me engañaba, mi rendimiento en el trabajo se redujo considerablemente. Tuvimos necesidad de sacar del banco los pocos ahorros que habíamos juntado en largos años de esfuerzo. La situación —yo lo presentía— estaba llegando para todos a un punto límite. Los niños apenas si me hablaban y pasaban largas temporadas con sus abuelos. Amigos y familiares insistían en que viera yo a un médico para dejar de beber, pero qué sabían ellos: el problema central de mi alcoholismo era la infidelidad de mi mujer.

Contraté a un detective para que la siguiera. Como al mes me informó que los jueves por la mañana visitaba a un médico en su consultorio.

¡Ahí estaba la prueba!, me dije a mí mismo. ¡Lo sabía, lo sabía!

El horror de comprobar lo que presentía era preferible a lo que había imaginado anteriormente.

Por supuesto, no me pasaba por la cabeza que viera al médico porque hubiera iniciado un tratamiento psicoanalítico, necesario por la tensión en que la mantenían mis problemas, pero del que no se atrevía a hablarme por mi probable censura.

La impaciencia con que esperé el jueves casi me vuelve loco. Bebía a todas horas y abandoné el trabajo. Imaginaba la escena una y otra vez: que tocaría el timbre y el hombre me abriría en bata. Entraría bruscamente y me dirigiría a la recámara en donde encontraría a mi mujer, en la cama, cubriéndose el rostro con la sábana. Entonces dispararía primero sobre ella y luego sobre él.

Había una delectación especial en ciertos detalles: el momento en que ella me veía entrar furioso en la pieza, su grito, el primer balazo en el pecho, sus ojos culpables y suplicantes...

Cada vez que la veía imaginaba cómo sería su rostro yerto, sus manos crispadas. Oía su voz y pensaba que esa voz pronto se apagaría, no existiría nunca más. Al irse a acostar la veía desvestirse y sentía un odio infinito por su cuerpo, que ya era de otro hombre, y me recreaba en suponerlo descomponiéndose, invadido de gusanos.

El infierno, señor, el infierno. No podía dormir ni comía. Por momentos lloraba y preguntaba qué me estaba sucediendo, pero era una pequeña rendija en la conciencia que enseguida volvía a cerrarse. Lo único de veras importante era culminar el holocausto.

Ese jueves apenas si pude subir las escaleras por el estado de embriaguez en que me encontraba. Imagínese si así iba a poder matar a alguien. Entré en el consultorio con la sensación de que las paredes se me iban encima. La recepcionista, cuya presencia no había calculado, me miró con ojos de asombro. Sin que pudiera impedirlo, entré en el privado. Mi esposa estaba sentada en una silla frente al escritorio del doctor. Por supuesto, la pistola siempre permaneció en el bolsillo interior del saco. Ella me explicó que había empezado un tratamiento psicoanalítico, el doctor, muy amable, me invitó a sentarme, pedí disculpas...

La depresión nerviosa en que caí los días siguientes me impidió salir de la casa. Hice un esfuerzo por dejar de beber y fue entonces cuando, una mañana en que estaba sentado en el sofá de la sala, vi que por el cordón de la lámpara del techo empezaba a descender una culebra. Grité aterrado. Corrí a la recámara y por la ventana que daba a la calle vi entrar un murciélago y revolotear a mi alrededor.

Mi esposa llamó a su psicoanalista y éste le recomendó que me trajera aquí, al sanatorio. Llevo una semana y no han vuelto las alucinaciones. Y hoy reconozco que en estos últimos meses he vivido como loco, deveras como loco.

XVI

Salí del sanatorio con la convicción, ahora sí firme, de no volver a beber. Porque en caso de hacerlo no habría más *delirium tremens*, ni sueros, ni terapias de apoyo, sino la tumba fría. De algo estaba seguro: no volvería a sufrir lo que sufrí en el sanatorio. No sólo porque antes preferiría el suicidio, sino porque mi cuerpo, dijo el médico, no lo resistiría. Me habían tenido amarrado durante cerca de veinticuatro horas, tiempo que en realidad fue una eterna estancia en el infierno, entre cucarachas, ratas y caníbales. Entraron en mi cuarto los caníbales del sueño que relaté y entre carcajadas me dijeron que por fin era de ellos, que me habían estado esperando. Rodeaban la cama como bailando y cantando frenéticamente y de unas alforjas de cuero sacaban ratas y cucarachas que lanzaban sobre mi cuerpo. Luego la mujer, a la que había visto en sueños desgarrar con los dientes el cadáver del perro, me mordía, al igual que las ratas, los pies y las piernas. Dicen que no dejé de gritar durante esas veinticuatro horas. Algunos compañeros me han comentado que sus alucinaciones son como la proyección de una película. Las mías eran como la más horrenda de las realidades.

Hoy, que puedo hacer un recuento de mi vida pasada, comprendo que desde el trago a la loción en casa de mi amigo, sabía que el final sería la ceremonia de autodestrucción con los caníbales. Lo presentí, así como se presienten ciertos sueños y como en ciertos sueños se presiente lo que va a sucedernos. Y casi diría que lo deseaba. Mi alma tendía a la trascendencia, no soportaba ya la mediocridad en que vivía. Sólo que no estamos preparados para la trascendencia ascendente y nuestra sociedad nos pone todos los medios para la descendente. Y por ahí nos vamos, como yo me fui. Aun el infierno es preferible al vacío.

Es cierto: los caníbales me habían estado esperando. Sabían que era de ellos. Sólo que mientras más se desciende más cerca se está de la salida, de la luz. Por eso lo peor es quedarse a la mitad del camino.

Me fijé un plazo: seis meses. O me salvaba o me pegaba un balazo.

Decidí encerrarme de nuevo a meditar, sólo que en condiciones muy diferentes a las anteriores. Debí prevenir que después de varios años de beber, dejar de golpe al alcohol iba a provocarme un ataque de *delirium tremens*. Ahora en cambio estaba desintoxicado por el mes en el sanatorio.

Me instalé en la misma pieza del sótano, sin ventanas, con las fotos de mis hijos en la pared, y le escribí a Dios. Le decía que me ponía en sus manos, que solo Él con su infinita bondad podía salvarme, que si había sido un poseso del demonio, ahora sólo quería serlo de Él, que me señalara el camino. Leía ávidamente a Santa Teresa.

No hubo más ataques de *delirium tremens*, pero caí en un vacío que me deprimía profundamente. La exaltación por la lectura y por la escritura se combinaba con un vacío en que sentía deseos de partirme la cabeza contra la pared. O, claro, de beber una copa.

Estuve así como veinte días, sin ver la luz del día, comiendo apenas (frutas y legumbres) y padeciendo insomnio. Había noches que pasaba dando vueltas dentro de aquel minúsculo cuarto, tropezándome con la cama y con la silla. Leía en voz alta mis cartas a Dios, me hincaba y rezaba, pasaba largas horas contemplando las fotos de mis hijos.

Como he dicho, desde muy joven entré a trabajar en la fábrica de mi padre, por lo cual nunca supe lo que era cumplir con un horario, con un jefe que exigiera nuestra presencia diaria.

Mi padre no sólo nos prestaba la casa de Tlalpan, que con tantos esfuerzos había construido, sino que continuaba mandándonos mi sueldo por un trabajo que, obviamente, no realizaba. La meditación de esos días me sirvió, entre otras cosas, para darme cuenta del daño que me hacía. Mentalmente era yo un niño. Quizá si me hubiera dejado solo, sin casa y sin empleo, habría reaccionado más fácilmente. Entonces decidí buscar un empleo por mi cuenta.

El día en que salí a la calle el deseo de beber se acentuó brutalmente. Era como si las paredes, los autos, los árboles, se me vinieran encima. Y qué agresividad en el ruido, en la expresión de la gente, en su prisa. ¿En qué planeta había caído? Todo lo que me rodeaba era una invitación a la fuga, al olvido.

Resistí. Vi a un amigo en Hacienda que ofreció ayudarme. Pero había que esperar unos meses.

De regreso caminé por Madero hasta San Juan de Letrán. La angustia se volvió insoportable. Me parecía pisar sobre nubes y los rostros se distorsionaban en forma creciente. Hubo un momento en el que sentí tal terror que entré en un edificio y esperé un momento atrás de la columna, escondiéndome de mis propias fantasías.

Necesito una copa, me dije. Si no bebo una copa muero aquí mismo.

¿Imagina cómo sería ese deseo?

Busqué una cantina. Casi corría. Llegué a pensar que sólo sería una copa. Una sola y para tranquilizarme. ¿Qué sería de los alcohólicos sin el autoengaño? De repente, como si descendiera del cielo, llegó a mis oídos una música maravillosa, una verdadera señal de Dios. Me detuve. Surgía de una tienda de discos. Entré. Pregunté a uno de los empleados y me mostró la funda: el *Réquiem* de Mozart. Me tranquilizó enseguida. La obsesión por beber se esfumó. Curaba mi herida como el más suave de los algodones, apenas rozándola. Los coros como de ángeles me trasladaban a un mundo que presentía, pero que nunca imaginé tan real y tan hechizante. Sí, era tan hechizante como el otro, como el mundo de la caída y la autodestrucción.

—He oído la voz de Dios —me dije.

Lo compré y corrí a mi cuarto del sótano a ponerlo en un pequeño tocadiscos.

Y se repitió el hechizo.

—¡Estoy salvado! —grité apretando los puños y con lágrimas en los ojos—. Dios me ha mandado una señal. Mientras continué escuchando esta música el demonio no podrá tentarme.

Entonces fue cuando, le contaba, empecé a escuchar el *Réquiem* las veinticuatro horas del día. Por las noches el brazo del tocadiscos seguía cayendo automáticamente y mi inconsciente escuchaba. ¿No hay gente que utiliza ese sistema para aprender idiomas? Pues yo lo utilizaba para que la voz de Dios llegara hasta lo más profundo de mi alma.

Pasó a formar parte de mi vida diaria, tan precaria en apariencia pero tan convulsa interiormente. Era más que música: se integró al ritmo de mi respiración, al latir de mi corazón, al proceso de mi digestión.

A los quince días, era inevitable, el disco empezó a rayarse y mandé comprar otro. Y en los momentos trágicos en que se iba la luz tenía que tararearlo, mantenerme en concentración para evitar que un mal pensamiento me asaltara. Ésa era la intención: que la música me absorbiera de tal manera que no cupiera nada más en mi mente. Sólo hasta cierto punto lo conseguí; porque, claro, continuaba la angustia y el cuerpo me traicionaba con palpitaciones, mareos, sofocos y en ocasiones una inquietud nerviosa que me impedía estar quieto.

No recibía a nadie, ni familiares ni amigos. Pero en una ocasión insistió en hablar conmigo el sacerdote que le mencionaba, el que me regaló el libro sobre el sueño y el estado alfa. Siempre le tuve un respeto muy especial y un par de veces había corrido a su lado para que su inteligencia bondadosa calmara mi desesperación.

Me saludó como si nos hubiéramos visto el día anterior, con una sonrisa franca que acentuaba lo apacible de sus ojos. Luego miró hacia los lados y dijo:

—Qué envidia, me encantaría proporcionarme un retiro así. El mundo de afuera deja de existir, ¿no? Para que luego digan que ya no hay místicos. Y con esa música.

Le bajé un poco al volumen.

—Al contrario, al contrario. Súbele. Hace años que no escucho ese *Réquiem* celestial.

Se sentó en la silla, estuvo concentrado en la música un momento y luego me miró fijamente.

—La naturaleza está haciendo contigo un experimento muy peligroso —dijo en un tono burlón, pero con una dulzura implícita en sus palabras—. Me contó tu mujer de la locura de oír las veinticuatro horas diarias esa maravillosa música y le dije que necesitaba hablar contigo a como diera lugar. Sabía de tus depresiones. Sabía de tu alcoholismo. Sabía que ya antes intentaste curarte por medio de un encierro parecido. Pero no sabía de tu vocación mística.

—Siempre he creído en Dios.

—Una cosa es creer en Dios y otra muy distinta reducir el mundo al *Réquiem* de Mozart y a las lecturas de Santa Teresa. De sólo imaginarlo se me enchina el cuerpo y hasta el ateísmo me parece más racional.

Le conté del primer ataque de *delirium tremens* en que una ventana se abría en la pared por la que entraba Dios en forma de nube, de la que finalmente descendían alimañas y ratas.

—Y ahora te encierras aquí para invocar de nuevo a ese dios que más bien parece emerger de los infiernos —dijo.

—Es muy distinto. Ahora estoy preparado, tengo tres meses sin beber, mi ánimo es otro. Además, la música.

—Sí, la música. Y Santa Teresa.

Hizo una pausa durante la cual sus ojos parecieron descubrir el fondo de mi alma. Sonrió y movió la cabeza a los lados.

—¿Por qué imaginarnos como seres excepcionales? Pura y simple soberbia ¿no? Hay tantos que podrían ayudarnos a encontrar el camino. Por supuesto, Mozart y Santa Teresa.

Pero sus circunstancias eran tan diferentes. ¿Por qué no empiezas por recurrir a lo más próximo?

Entonces me contó de Alcohólicos Anónimos. Sabía que era el único sitio en donde se curaba el alcoholismo. ¿Qué perdíamos con probar? Algo menos espectacular que escuchar el *Réquiem* de Mozart las veinticuatro horas diarias, pero a lo mejor más efectivo. Me convenció. Quedamos de ir a una junta esa misma noche: un conocido suyo, que estaba en uno de los grupos, nos iba a acompañar.

—Y algo más —dijo poniéndose de pie con un dedo en alto—. Instrumentos, herramientas, es lo que necesitas, mi querido iluminado. Acuéstate.

Me tendió en la cama. Escuchó mi corazón acercando su oído. Me checó el pulso. Me pidió que mantuviera una mano en alto.

—Estás en tal grado de tensión que hasta Santa Teresa hubiera corrido a tomarse una copa para tranquilizarse. Vamos a intentar un ejercicio de relajación.

Y me puso los ejercicios más elementales del yoga, logrando en unos cuantos minutos que mi respiración adquiriera un ritmo pausado. Además, me enseñó lo que ahora yo aplico a mis compañeros angustiados: una vez relajado, me pidió que cerrara los ojos y apretó mi mano izquierda con la suya. Entonces acercó su boca a mi oído y habló en susurro:

—¿Cómo quieres que Dios descienda a tu corazón si sólo estás pensando en ti mismo?

Primero deja que salga todo lo que te comprime, lo que te apresa dentro de esta cárcel, dentro de esta ansiedad. Las culpas y los remordimientos están ahí, los puedes ver, son tan antiguos como tú mismo. Te han acompañado cada instante de todos estos años dolorosos. Ni siquiera los necesitabas ver para actuar de acuerdo con sus dictados. ¿No has hecho ya bastante caso de ellos? ¿No ha sido más que suficiente el castigo que te has infligido? ¿Vale la pena dedicar tu vida entera a estas culpas y a esos remordimientos? ¿Y todo lo demás que vas a perder? Decías que admiras a Santa Teresa. Era una mujer llena de actividad, de amor a la vida, al sol. ¿A qué tienes miedo? Dímelo. ¿A qué tienes miedo?

Cuando abrí los ojos comprendí que había estado llorando sin darme cuenta. Lo miré fijamente y con una voz que se me quedaba en la garganta le dije:

—Estoy poseído. Sólo tú puedes entenderlo.

XVII

Mi nombre no importa. Basta con decir que soy alcohólico. Recuerdo todavía mi primera borrachera: tendría catorce o quince años y acababa de terminar la secundaria. En la última fiesta de mi grupo había mucha bebida. Debo de haber tomado compulsivamente varios tragos, porque al regreso intenté suicidarme. Veníamos por el Periférico y en un ataque de desesperación abrí la portezuela delantera e intenté arrojarme. El amigo que venía manejando logró sujetarme de la camisa y todavía recuerdo la sensación de humillación infinita que se apoderó de mi ánimo al ver fracasado mi intento. Como pudieron, mis amigos trataron de calmar mi llanto y mi desesperación. Guardé ese recuerdo durante muchos años y sólo hasta ahora puedo mirarlo desde la perspectiva adecuada.

Tiempo después, durante mis años en la preparatoria, me aficioné al cemento y a la marihuana. A partir de cierto momento comencé a beber ron, tequila, coñac, vino o whisky a solas y en grandes cantidades, a menudo haciéndome "cocteles" con cemento, marihuana, ácidos, hongos alucinógenos o peyote. Hasta donde puedo recordar, las visiones que tuve en aquellos momentos nunca se confundieron con mi experiencia de lo real. Una de las imágenes más poderosas que recuerdo era la del espejo derramándose como si fuera un líquido plateado. Lo más común era como entrar en un cuarto oscuro durante muchas horas y despertar al otro día con la sorpresa de que había tenido sueños y visiones y, sobre todo, de que seguía vivo. Todo esto lo hacía a escondidas, encerrado en mi cuarto, habitando un pequeño infierno del que nadie más sabía. A menudo me sentaba a estudiar y mientras lo hacía fumaba cigarros de mota y bebía whisky o tequila hasta que vomitaba o me quedaba dormido. Muy pronto aquella rutina se convirtió en parte de mi vida cotidiana.

Al cumplir los treinta años ya había sufrido lagunas mentales que me impedían recordar lo que había dicho o hecho durante mis borracheras. A veces me asomaba por la ventana de mi departamento para comprobar que mi automóvil se encontraba en su lugar y a partir de ese momento intentaba, a menudo infructuosamente, reconstruir cómo había llegado hasta mi casa. Entonces aparecían nuevamente el miedo, la angustia, la desesperación. Con el tiempo las lagunas se hicieron cada vez más frecuentes y los actos vergonzosos o humillantes tenía que recuperarlos a partir de lo que me contaban quienes habían estado conmigo. Era como el criminal que buscaba el testimonio de sus actos, una especie de corroboración de la culpa.

Después apareció la cocaína y la promesa de una droga que te permitía beber más, aumentaba la euforia y acrecentaba un sentimiento de seguridad. Consumí cocaína durante algún tiempo, pero muy pronto dejó de serme útil, las lagunas continuaron y llegó el momento en que mi tolerancia hacia el alcohol se redujo dramáticamente: a menudo me mareaba con un par de tequilas y al tercero o cuarto ya comenzaba a repetir incoherencias, arrastrando penosamente la voz, haciendo el ridículo. Las ausencias se hicieron tan frecuentes que la cruda me parecía una especie de salvación: al despertarme después de una borrachera sentía una especie de iluminación, me sentía vivo, milagrosamente vivo, después de haber estado en ninguna parte durante varias oscuras y silenciosas horas. Era como volver de la muerte o de un estado de coma.

Un día, después de una fuerte intoxicación, tuve una experiencia siniestra que dio un giro definitivo a mi biografía alcohólica: acababa de llegar a mi casa, estaba en ese momento crepuscular en el que el efecto del alcohol comienza a disminuir y los efectos de la cruda se hacen presentes, me senté en un sillón de la sala mirando al vacío, y por el rabillo del ojo percibí un movimiento. Algo, alguien, estaba conmigo en la sala del departamento donde vivía yo solo. Las luces estaban encendidas. Sentía una presencia que se movía y acechaba por ahí, muy cerca, debajo de la mesa de centro o detrás del sillón. La escuchaba moverse. Invadido por el pánico, alcancé a atisbar el cuerpo de un enano grotesco y vi con horror sus piernas regordetas como las de un bebé. Aquél fue el primer aviso de que ya no me encontraba completamente solo en mi embriaguez. Esa cosa habría de acompañarme en las más terribles borracheras y lo que hasta entonces había sido la sala de espera del infierno —quince años de alcoholismo disimulado de bohemia— adquirió una forma concreta. Había atravesado una suerte de umbral: la pesadilla había encarnado. Al mismo tiempo, la idea del suicidio seguía obsesionándome. Un día me estrellé a toda velocidad en el auto. En el momento en que perdí el control del vehículo, recuerdo que sabía que estaba por morirme. Al otro día desperté con un brazo roto. Al ver mi auto convertido en chatarra al borde de una avenida quedé asombrado de que no me hubiera muerto.

A partir de este momento todo lo que voy a contar se vuelve problemático. No soy una persona supersticiosa y mi disposición frente al mundo no es la de un hombre religioso. Para una persona racionalista, los fenómenos paranormales forman parte de un mundo imaginario, fantástico, pero no pertenecen al orden de los hechos y las cosas reales; sin embargo tengo para mí que eso que se me apareció en varias ocasiones era tangible, concreto, un ser. Como he dicho antes, he probado varios tipos de drogas alucinógenas. A pesar de ello, nunca confundí la alucinación con la realidad cuando experimenté con hongos o con LSD: todo lo que vi en esos estados corresponden al territorio de los sueños y las pesadillas y lo sabía durante el proceso alucinatorio o al recuperarlo. A pesar de que sé que este tipo de experiencias está perfectamente tipificado en la literatura médica, y que el *delirium tremens* aparece en los estados más agudos del alcoholismo, el enano tiene para mí, y sólo para mí, una existencia real. Si alguna vez tuve una experiencia religiosa o sobrenatural, fue esta presencia abominable que se me aparecía de cuando en cuando, como una revelación, como una especie de epifanía grotesca. La palabra ángel podría ser adecuada para describirlo: un ángel monstruoso, perverso, manifiesto.

Esta entidad, este ser, se presentaba sobre todo en ese momento especial del que he hablado, cuando la ebriedad cede y los efectos de la cruda —angustia, desasosiego, temblores, sed— comienzan a manifestarse. Al principio solamente lo atisbaba o sabía que andaba por ahí, oculto entre las cobijas o debajo de los sillones. Una madrugada logré verlo, estaba sumergido en la penumbra de un rincón de mi cuarto. Sólo las imágenes del Bosco o Brueghel pueden aproximársele. Era un ser del tamaño de un perro, con piernas regordetas, con pliegues, como de un bebé gordo, y de la cintura hacia arriba su cuerpo era algo parecido a un gorro o calcetín de carne humana que se plegaba hacia atrás.

No tenía ni hombros, ni cuello, ni cabeza, ni ojos. Me quedé inmóvil, mirándolo. El uso de la palabra terror no resulta aquí ni hiperbólico ni exagerado: estaba paralizado y así permanecí, hasta que la luz de la mañana me despertó y en el rincón ya no había nada.

El enano apareció en varias ocasiones, afortunadamente muy esporádicas, y siempre momentáneamente y desapareciendo en la cocina, o en el baño. Debo decir que nunca se me apareció en un lugar abierto, en una calle, un parque, ni siquiera en una cantina; siempre lo hacía en mi casa, en el lugar más familiar y seguro. A veces lo oía pisotear la alfombra cuando corría para ocultarse. Creo que incluso llegué a acostumbrarme a su presencia, quiero decir con esto simplemente que ambos reconocíamos la existencia del otro, y su ritual siniestro era simplemente dejarse ver unos instantes, hacerme sentir que ahí estaba. En todas las ocasiones tenía la misma forma repugnante. Durante este proceso —estoy hablando de unas cuantas apariciones en los últimos años de mi actividad alcohólica— nunca tuve ningún tipo de experiencia: no vi arañas ni insectos. Sólo éramos el enano y yo.

La última vez que nos encontramos fue a principios de abril de 1997, cuando estaba por cumplir 38 años. Había comenzado a beber en compañía de unos amigos un jueves al mediodía, y mi borrachera duró hasta el domingo. Recuerdo muy pocos detalles de esos días gigantescos: cantinas, cabarets, prostitutas, mesas con cocaína y cigarros de marihuana en el asiento trasero de un auto, cheques perdidos, botellas de licor barato compradas en la madrugada, taxistas furiosos porque no me sabía la dirección de mi propia casa, tequilas en el desayuno, conversaciones con desconocidos... Varias veces traté de llamar a mi mujer por teléfono y no pude marcar el número correcto: voces desconocidas descolgaban al otro lado de la línea y me insultaban en la madrugada. No podía articular palabra: un balbuceo parecido al de los retrasados mentales era lo único que salía de mis labios. Finalmente, la noche del sábado, incapaz de dar con mi casa, pude llegar a mi estudio, el mismo donde se me había aparecido el enano en diversas ocasiones. Intensos escalofríos recorrían mi cuerpo, me dolían los huesos. Apestaba. Me metí a la regadera y traté de bajarme la intoxicación con baños de agua fría y muy caliente. Vomité durante mucho tiempo, hasta que sólo pude sacar saliva y amarga bilis. Dormí con trabajos un par de horas. Pasada la medianoche ya estaba despierto. Cuando intenté tomar unos tragos de una botella de tequila todo mi cuerpo se agitaba, invadido por un temblor incontrolable. Sentía los accesos de la cruda, tenía que volver a embriagarme para dormir, era imperioso, tenía miedo, pánico, pero no había suficiente alcohol. Salir en esos momentos a buscar bebida era imposible en mi estado: cada acción, por mínima que fuera, me parecía abismal.

El enano apareció puntual a la cita. Esta vez estuvo conmigo durante varias horas. Pude verlo con detalle. La piel de la parte superior del cuerpo se plegaba como si estuviera relleno de grasa. Tenía brazos, era muy difícil distinguirlos, pero sus piernas rollizas eran lo que más me horrorizaba. Se la pasó gateando, arrastrándose frente a mí al alcance de mis manos. No quise tocarlo. Es extraño, pero me parecía que estaba jugando conmigo, me hacía sentir una mezcla muy rara de terror y familiaridad.

Fue entonces cuando decidí acabar con todo de una vez y para siempre: el sufrimiento, la soledad, el infierno. Recuerdo perfectamente que fría, calculadamente, preparé mi suicidio mientras el enano hacía ruidos en la recámara y yo me encontraba tirado en la alfombra de la sala. En algún lado había leído que los ahorcados, al ser ejecutados, no morían por sofocación sino por desnucamiento. Tenía lo necesario: razones suficientes, un cable grueso de computadora de varios metros de longitud, una ventana de donde amarrarlo y dos pisos para dejarme caer con el cable rodeando mi cuello. No tardé mucho en tener listo el cadalso. Comprobé que el cable estuviera perfectamente sujeto a la manija de la ventana y me lo enredé en el cuello. Tenía un banquito para el propósito: sólo tenía que saltar por la ventana, lo demás lo haría el cable. Estuve parado ahí durante un tiempo que me pareció enorme, y mientras el aire de la madrugada golpeaba mi rostro, pensé en mi hijo, en mi mujer, en mi familia, en lo ridículo de la situación. Después de un rato me pareció que estaba en medio de una farsa. Descendí del banco, me quité el cable del cuello y rompí a llorar tirado en el piso. A través de las lágrimas volví a ver al enano: un amasijo de piel vacía con piernas de bebé que trataba de ocultarse bajo la mesa del comedor, entre las patas de las sillas.

La luz del domingo me despertó. Llamé a mi madre. No tenía dinero, ni ropa limpia, había dejado mi automóvil frente a la casa de un amigo dos días antes. Finalmente llegué a mi domicilio. Era de mañana. Me metí en la cama y traté de dormir. Al cabo de un rato abrí los ojos y percibí que algo se agitaba en la mesa de noche. Petrificado lo vi de reojo y lo sentí moverse. Era el enano que se contorsionaba de una manera muy extraña: mientras el torso, es decir el gorro o calcetín de carne con los brazos en alto se movía en una dirección, las piernas lo hacían en la dirección contraria. Cuando traté de verlo directamente saltó para esconderse entre las cobijas que estaban tiradas a los pies de la cama, revolviéndose en ellas y agitándolas. No he vuelto a verlo desde entonces.

Ha pasado más de un año de estos acontecimientos. Durante algún tiempo frecuenté un grupo de Alcohólicos Anónimos, a quien debo una profunda toma de conciencia y la capacidad de autoanalizarme. Un año después dejé de acudir a las juntas. Ahora bebo de vez en cuando un par de cervezas o un poco de vino en la comida.

Sé el peligro que todo esto encarna: el enano puede aparecer durante la próxima intoxicación. Lo mismo la idea del suicidio. Ambos forman parte de mi vida. Me gusta saber que sobreviví a todo aquello, que todavía estoy vivo.

XVIII

Mi amigo sacerdote me dio la clave: con AA y el yoga logré relajarme y desprenderme de la necesidad compulsiva del *Réquiem* de Mozart. Pasé a oírlo sólo cuando lo deseaba. Hoy, gracias al conocimiento que he alcanzado de mí mismo, igual me sucede con AA y con el yoga: los necesito porque me gustan, pero de ninguna manera mi vida depende de ellos. No depende de nada ni de nadie. Puedo permanecer solo y tranquilo el tiempo que sea necesario. Empezaba a curarme. Un nuevo mundo, pleno de misterio y alegrías, se abría ante mis ojos. Reflexioné sobre lo que me había sucedido (y lo que había visto) y decidí llevar una vida coherente con mis ideas. Entonces vino, inevitablemente, la ruptura con mi esposa.

Mi alcoholismo, mi aislamiento en el sótano, mi incapacidad sexual cuando bebía, le resultaban de lo más molestos. Mi vegetarianismo, mi repudio a la televisión y a todo lo que significaba frivolidad, mi presencia siempre tranquila, le resultaron definitivamente insoportables.

Conseguí un modesto empleo en Hacienda y pude dejar la fábrica de mi padre. Viví un tiempo en una casa de huéspedes en la colonia Condesa y cuando mis padres murieron me instalé aquí.

Qué maravilloso fue sentirme libre y solo, sin ataduras de ninguna especie: ni alcohol, ni familia. Qué plenitud encontré en mis lecturas, en mis meditaciones, en aprender simplemente a estar: sereno y con los ojos bien abiertos.

Entonces empezaron las apariciones beatíficas.

Una tarde salí de mi oficina y entré en una librería a esperar la hora de mi junta en AA. Estaba hojeando una biografía de Santa Teresa, lo recuerdo muy bien, cuando me invadió una maravillosa sensación de plenitud. No había ninguna causa especial, pero mi cuerpo entró repentinamente en armonía con mi alma y sentí que me transportaba a regiones insospechadas de alegría y conocimiento de todo. "Gracias, Dios mío", dije. Entonces oí un comentario a mi espalda:

—Hermoso libro, ¿no?

Me volví sorprendido.

Era un hombre de unos cuarenta años, bien vestido, ni bello ni feo pero con una mirada dulce y penetrante. Tenía el pelo oscuro y una piochita bien recortada.

—¿Cómo? —le pregunté sin salir de mi asombro.

—Digo que es un hermoso libro, ¿no le parece?

—¿Quién es usted?

—Tú sabes quién soy. ¿No me reconoces? —y sonrió.

Me tallé los ojos.

—No entiendo.

—Soy tú mismo, una creación de tu imaginación, pero también mucho más que eso.

El libro cayó de mis manos. Me agaché a recogerlo. Al levantar los ojos ya no había nadie frente a mí. Miré a los lados. Todo parecía normal. Un empleado buscaba en un catálogo, una mujer esperaba que le hicieran su cuenta en el mostrador, otros recorrían los títulos en los estantes.

Tallé de nuevo los ojos. ¿Qué había sucedido? ¿A quién había visto? Compré el libro sobre Santa Teresa y salí a la Avenida Juárez con la sensación de que caminaba sobre una nube.

¿Estoy loco?, me pregunté.

Pero no me daba miedo la pregunta porque en realidad sabía la respuesta: no, no lo estoy. Yo sé muy bien que no estoy loco. Creerlo sería una solución fácil: la angustia, los tranquilizantes, otra vez los médicos... El vacío que me acercaba al alcohol como al borde de un abismo. En cambio ahora quería creer en lo otro, pero en lo otro bueno, en Dios y no en el diablo. Cambiar de dueño.

Cerré los ojos y dije interiormente: "Debo estar preparado para lo que venga, no temer nada."

Traté de entrar conscientemente en estado de alfa.

Entonces oí a mi lado la voz del hombre de la librería:

—Y francamente no hay nada que temer.

Abrí los ojos y lo vi caminar junto a mí.

Era la misma sensación de realidad e irrealidad del *delirium tremens*, sólo que ahora sin angustia.

Recuerdo que me decía: "estoy soñando", pero con la convicción de que no había despertar posible y de que era lo más real que me había sucedido.

¿Ha tenido usted sueños en que se dice "estoy soñando", y precisamente por ello parecen concretarse más? Pues algo así.

—¿Qué tal si nos sentamos en una banca de la Alameda a conversar un rato? —preguntó.

Lo seguí de cerca al atravesar la avenida. Él sonreía y yo permanecía serio y parpadeando.

La tarde estaba gris. Apenas si recuerdo lo que había a mi alrededor. El ruido y el ir y venir de la gente no me alteraban. Yo estaba en otra parte.

Nos sentamos en una banca y durante algunos minutos no hablamos. Entonces me di cuenta de que las manos me temblaban.

—¿Qué quiere de mí?

—Tú sabías que iba a venir hoy, precisamente hoy.

—No, no lo sabía.

—Sí, lo sabías. Desde anoche, cuando te empezaste a dormir. Y sabías que entrar en la librería y hojear el libro de Santa Teresa era invocarme.

—¿Por qué se me aparece a mí?

Sonrió dulcemente.

—Si tanto se aparece el diablo a los que beben, ¿por qué no iba yo también a hacerlo?

—Yo no he vuelto a beber.

—Por eso me pude aparecer. Por desgracia el alcohol no es un buen aliado. Enferma a la gente, le altera los nervios. Yo necesito de la salud y la meditación. Sin embargo, el alcohol predispone para cualquier tipo de aparición. Aunque suene absurdo, yo también busco caminos por los cuales descender. La forma es lo de menos.

—Yo lo llame la primera vez que dejé de beber.

—Y yo intenté bajar, pero tu miedo y tu enfermedad me lo impidieron. Y entonces se coló bruscamente el otro.

—¿Usted era la nube?

—Sí, al principio yo era la nube. Y en otras circunstancias podía haber continuado siéndolo.

—¿Qué debo hacer para que no se aparte más de mi lado?

—Nada en especial. Estar prevenido contra el miedo y alimentar la fe de que yo soy yo.

—A veces temo estar loco.

—No importa. Simplemente deja de temerle, y verás que hasta ese pensamiento nos puede acercar.

—Me desespero de no entender las cosas.

—No se trata de entenderlas, sino de entregarse a ellas. Ya después las entenderás.

—Si cuento esta aparición en mi junta de Alcohólicos Anónimos, ¿qué me van a decir?

—Los que tengan fe no van a decirte nada.

—¿Lo debo de contar?

—Si te ayuda a ser humilde, ¿por qué no?

Luego desapareció de mi lado.

Medité durante un rato, ahí solo, y comprendí que todo había sido como un sueño maravilloso, que quizá nunca fue cierto, que mi mente lo creó de punta a punta, pero tal pensamiento no hacía mella en la fe y en la sensación de realidad. ¿Cómo decirle? Como si de repente los sueños me parecieran más reales que la realidad misma.

A partir de ese día se acentuó mi tranquilidad. Leía y oía música cuando tenía deseos de hacerlo, nunca más por obligación. Lo mismo al asistir a mi junta y al practicar el yoga y la meditación. Simplemente me conformé con vivir. En una ocasión, sin embargo, el miedo retornó brutalmente y, aunque no lo quisiera reconocer, estuve a punto de recaer en la bebida. Fue cuando la aparición de mis padres, aquí, en el departamento en donde transcurrió mi infancia. Sentí una congoja y una depresión que duraron cerca de una semana, durante la cual anduve como sonámbulo de un lado a otro, tratando de concentrarme en Dios, pero sin lograrlo. Hay también que pasar por esas cosas, qué remedio.

XIX

Estuve internado once veces a causa de mi alcoholismo. En la última duré dieciocho horas amarrado por un ataque de *delirium tremens*. Ya antes había padecido varios delirios auditivos y visuales. Los árboles de mi ventana se convertían en dos cuervos que discutían graznando. Veía hombres que en lugar de pelo tenían plátanos. Las figuras de la televisión salían de la pantalla y adquirían una presencia monstruosa. En neurología me diagnosticaron una lesión cerebral. Mi esposa y mis tres hijos, como era inevitable, no soportaron permanecer más a mi lado y me abandonaron. Viví varios años en un cuarto de azotea y perdí cuanto trabajo conseguía. Tomaba barbitúricos con alcohol del 96 y apenas si comía. Conocí la soledad absoluta: la de saber que nos hemos perdido a nosotros mismos.

Trato de recordar cuándo empezó el descenso y creo que con la primera copa que tomé. Siempre me transformó el alcohol. Siempre, desde mi adolescencia, estuvo presente la sombra del *otro*. Por ejemplo, necesitar tres copas para adquirir la valentía que *no era mía*, para meterme con una prostituta, para hacer la ridiculez de bailar hincado en una fiesta. Y años después, necesitar diez para golpear a mi hijo sin ninguna razón, para disparar una pistola hacia el techo, con mi esposa acostada a mi lado, mirando cómo rebotaban peligrosamente las balas en las paredes.

"Siempre destruimos lo que más amamos". Y yo nada amaba tanto como a mi familia, el único centro alrededor del cual podía girar mi vida. Pero las relaciones humanas están hechas de la materia más sutil que podemos imaginar, y hay que cuidarlas día a día si no queremos volver el rostro y comprobar que se han desvanecido. La regla incluye a padres e hijos, amigos, amantes o esposos. De repente, donde parecía que había todo, comunicación y afinidad, ternura y necesidad de compañía, ya no hay sino el hastío y el principio del olvido que, como una mala yerba, cunde y termina por invadir nuestros mejores sentimientos.

Después de una de mis recaídas, recibí una carta de mi esposa en la que me avisaba que iba a separarse de mí.

Mi hijo mayor —que padeció mi alcoholismo desde niño, presenció cómo su padre se transformaba en ese *otro*, recibió golpes injustos, me sacó de las cantinas y me llevó varias veces a un sanatorio— empezó a hacer su vida al margen de los problemas familiares y a los pocos años se fue vivir a Guadalajara. Mi hija se marchó a Barcelona, también como consecuencia de la desintegración familiar.

Había yo perdido lo que más amaba.

Ninguno de los cinco —mi esposa, mis tres hijos y yo— tenía más un centro que fuera a la vez impulso y sostén.

Si antes bebía demasiado, a partir de entonces lo único que hice fue beber, dejarme ir de cabeza por el tobogán sin importarme lo que sucediera a mi alrededor. Hay un año completo de mi vida del que perdí conciencia. Se me borró totalmente. Símbolo del vacío y del terror en que me encontraba.

Sin embargo, hubo un aviso, una premonición beatífica que, ahora lo sé, era aviso de que al final del túnel encontraría la salida.

Entre las alucinaciones que tuve, una noche recibí la visita de un monje tibetano.

Estaba yo solo en una pieza de hotel.

Me había quedado dormido por la tarde y al abrir los ojos era de noche. Una luz plateada que llegaba de la calle se filtraba por las persianas.

Tuve la sensación de haber despertado en *otra* parte, en "algún lugar lejos de este mundo". Por primera y única vez, esa sensación no era angustiosa. El sueño anterior —que no recuerdo— había dejado hilos invisibles que me mantenían en un estado como de doble conciencia: estoy aquí, en una pieza de hotel, pero mi alma deambula por regiones desconocidas, imposibles de ubicar en un punto concreto del tiempo y del espacio. (Esta sensación se repitió durante otro ataque de *delirium tremens*, pero entonces sí, en forma angustiosa).

Lo vi bajo el dintel de la puerta, delineándose apenas su silueta con la luz plateada.

Lo llamé y entró.

Su sola presencia me producía una infinita paz.

Se sentó a los pies de la cama y me tomó una mano entre las suyas.

—Has sufrido mucho, ¿verdad? —me preguntó.

—Mucho.

—Ahora vas a comprenderlo: así tenía que haber sido. Todo lo que te ha pasado: así tenía que haber sido. Si logras reconciliarte con esa idea vas a recuperar la fe.

—Me siento muy solo. Cada día me siento más solo.

—¿Y si aprendieras a esperar? Inténtalo.

—He tratado.

—Alguien va a venir a ayudarte.

Me pasaba una mano por la frente. Curiosamente, ese contacto lo sentí como el de una mano femenina, fresca y suave.

Al verlo marcharse volvió la angustia. Le supliqué que no me dejara solo.

—Te repito que alguien va a venir a ayudarte. Es necesario que aprendas a esperar.

Y sí, tuve que esperar todavía cinco largos años para que en AA encontrara la ayuda necesaria para mi curación.

Durante mi último internamiento, cuando me diagnosticaron una lesión cerebral, padecí un ataque de *delirium tremens* que me tuvo al borde de la muerte por la pura tensión muscular. Duré dieciocho horas amarrado.

Fue el reverso de la aparición beatífica.

Me convertí en el personaje de una película espantosa. Tenía todas las características de las películas de gángsters de los años treinta; incluso la visión era en blanco y negro. Ahí aparecía la gente que, por una u otra razón, he odiado a lo largo de mi vida, formando una especie de secta secreta que planeaba matar a alguien. (Tengo la impresión de que ese alguien es una bella mujer, de alma purísima, a la que mantenían encerrada en una pieza de la casa.) Yo asistía de incógnito a una reunión para sabotear sus planes. Les veía los rostros distorsionados por la maldad. Personas conocidas, familiares inclusive, que coloqué en mi delirio como Dante colocó en "El infierno" a quienes odiaba. No resistía estar a su lado y me descaraba gritándoles: ¡asesinos! Recuerdo haber dado ese grito: esto es, por un instante tuve conciencia de estar amarrado a una cama, mirándome a mí mismo en una película y gritando: ¡asesinos! Entonces el desdoblamiento fue en tres y me incluyó como director de la película: me veía atrás de las cámaras, junto al camarógrafo, dirigiéndome a mí mismo y gritando lo que gritaba como actor: ¡asesinos! Sentía que el filme escapaba de mis manos y que, a pesar de ser el director, el desenlace era inevitable. También entonces se filtró un débil rayo de conciencia y me supe tres personas a la vez: un hombre amarrado a una cama, delirando, mirándose dentro de una película que él mismo dirige pero que no puede controlar.

Fue mi último delirio. Al salir del sanatorio entré en Alcohólicos Anónimos y dejé de beber.

Sin embargo, aún faltaba la prueba más dolorosa: la muerte de mi hija. Llevaba tres meses sin beber. Acababa de conseguir empleo en una tienda de muebles. Una tarde caminaba rumbo a la esquina donde tomaba mi camión —mis pensamientos luchaban contra la obsesión del alcohol—, cuando un auto se detuvo junto a mí. Eran mi hijo y mi sobrino. Sonreí y les agradecí la sorpresa. Pero sus ojos me dijeron que algo había sucedido. Subí al auto. Mi hijo se soltó llorando y mi sobrino me dio la noticia, así, de golpe, de que mi hija —de veintiún años— acababa de morir en Barcelona. Se había envenenado, al igual que dos amigas con quienes vivía, con alimentos descompuestos.

No podía llorar. Recuerdo que dije:

—Es como si me hubieran arrancado el alma y hubiera quedado vacío.

Para un alcohólico, la muerte de una hija puede ser el brinquito que faltaba para caer al abismo, el fin del último rayo de esperanza; o, por el contrario, la prueba definitiva que lo regrese a la realidad, al aquí y ahora y a la fe en Dios.

Hoy lo sé: de no haber estado en AA, aquel mismo día vuelvo a beber; lo que equivale a decir: me suicido.

Aquella noche fui a mi junta como lo había estado haciendo todos los días durante esos tres meses, y frente a mis compañeros logré sacar el llanto que tenía contenido, que quizá tuve contenido durante muchos años sin darme cuenta.

El reto valía la pena: nada peor podía sucederme. Conocía las últimas profundidades del dolor, los médicos me consideraron un caso sin remedio, perdí a mi hija, no tenía familia y difícilmente lograba solventar mis más mínimos gastos. ¿Por qué entonces no empezar a partir de cero? Nada está perdido cuando reconocemos que todo está perdido y hay que volver a empezar.

Llevo cinco años en AA, los mismos que tiene mi hija de muerta, y no he vuelto a probar una copa.

Cinco años en que he tratado de ir reconstruyendo —ladrillo tras ladrillo— lo que yo mismo destruí.

La relación con mis dos hijos hombres es magnífica y regresé con mi esposa después de once años de separados.

Tuve un sueño en que mi hija muerta se sentaba a los pies de la cama y tomaba mi mano entre las suyas, igual que lo había hecho el monje durante el delirio, y me decía: papá, tienes que resistir, tienes que resistir; yo estaré siempre a tu lado.

Y sé que el alma de mi hija va conmigo a donde quiera que voy, como una estrella lejana que puedo distinguir incluso en las noches más oscuras.

¿Qué más puedo pedir?

XX

La tristeza empezó por una pretensión absurda: escribir un relato de mi vida. Sin ambiciones literarias, sólo como un recuento. Comencé, como era inevitable, por la infancia, y ahí me quedé. Llegaba de la oficina a escribir, con la compulsión que ha caracterizado todas mis actividades.

Surgieron los más recónditos recuerdos. Como una fotografía que pasa del negativo al positivo, mi infancia empezó a aclararse, a cobrar nueva vida.

Ya estaba acostumbrado a largas horas de concentración. Simplemente, la apliqué a mis primeros recuerdos. Permanecía quieto, en silencio, y me fijaba en algún punto del pasado que servía como eje a las imágenes que empezaban a surgir por sí solas.

Desde muy niño padecí insomnio por el miedo a la oscuridad. Me vi acostado en la cama, atento a cada ruido, a cada rayo de luz que llegaba por la ventana. Me aterrorizaba esa ventana que daba a la calle: presentía que en cualquier momento vería en ella un rostro horrible que me espiaba. Era imposible puesto que se trataba de una ventana en un tercer piso, pero a esa edad la lógica tiene poca cabida en nuestros pensamientos. Por eso prefería permanecer alerta, con los ojos abiertos hasta que no podía más y el sueño me rendía.

Al despertar me decía: ¡Otra noche sin que suceda nada, gracias, Dios mío! En un niño de ocho años, tal deducción significa una hipersensibilidad enfermiza, el anuncio inminente de un aciago destino.

La escuela era otra de mis torturas. No soportaba las brusquedades de mis compañeros, la violencia de sus juegos y sus bromas. Casi no tenía amigos. Pasaba las tardes encerrado en mi cuarto, leyendo o jugando solo.

Mi padre era un hombre muy recto, trabajador y cumplido con su familia, pero también muy débil. Y mi madre vivía a la sombra de él, ya podrá usted imaginar lo que surgía de esa combinación. Proyectaron en mí sus temores y yo los tragué completitos, con todo y espinas. Siempre me trataron como a un niño desvalido.

Si me golpeaba, si sacaba una mala calificación, si me enfermaba, si despertaba llorando de una pesadilla:

—Pobrecito de mi Gabrielito...

Me protegían de la vida misma. ¿Ir al campo con algún grupo de la escuela? Qué horror: me podía picar un animal. ¿Salir a jugar a la calle? Me podía atropellar un auto. ¿Ir al cine con un primo? Nos podían robar. ¿Comer una fruta en un parque? Estaba contaminada y me podía enfermar.

Mi padre jamás probaba una copa ni fumaba un cigarro. Sin embargo había en el aparador una botella de anís para los invitados. Una noche en que salieron a una reunión (tendría yo unos doce años) le di un trago para averiguar a qué sabía, así como leía a escondidas los libros prohibidos. Me gustó y le di otro trago.

Cuando regresaron estaba yo tirado en la alfombra de la sala, con la botella vacía a un lado. No recuerdo en qué momento tomé la tercera copa, ni cuándo llegaron mis padres, ni cuándo me acostaron. Dicen que estaba irreconocible, les grité que me dejaran en paz, que los odiaba y les tiré de patadas. Eso me contaron al día siguiente, mi madre llevándose un pañuelito a los ojos para contener el llanto.

Pasó. Pero diez años después, mi primera borrachera de adulto me produjo la misma inconsciencia y la misma agresión hacia quienes me rodeaban. Hasta que di rienda suelta a ese *otro* y por eso cuando unos amigos me hicieron la broma de decirme que ya borracho había matado a un hombre lo creí a pie juntillas y hasta le pedí perdón a Dios y pensé en dónde esconderme. El pobrecito niño se transformaba en un monstruo: buscaba cualquier pretexto para pelearme a golpes, me metía con las putas de más baja categoría, estuve varias veces en la cárcel, por puro gusto iba con los teporochos a beber alcohol del 96 con refresco. En fin, me convertía en un niño travieso y, simbólicamente, hacía todo lo que mis padres me habían prohibido.

Pero escribir de ello era doloroso. Además, empezaron a surgir tantos detalles que cuando me di cuenta llevaba ya cien páginas y no había pasado aún de los primeros diez años de mi vida, con escenas repetitivas y llenas de resentimiento.

Caí en una aguda depresión y una tarde saliendo de la oficina compré una botella de whisky y me vine al departamento a tomarla, aunque sabía perfectamente que no iba a hacerlo porque el trayecto de la tienda a la casa sería suficiente para reflexionar. Y así fue, terminó en el basurero que hay junto a la portería. Sin embargo, era muy significativo el hecho de haberla comprado. Por lo visto no podía permitirme la felicidad mientras hubiera tanta cuenta pendiente, reclamos y culpas.

Esa misma noche, en lugar de emborracharme, me concentré profundamente en mis recuerdos, en las primeras imágenes de mi vida, en el alma de mis padres. Entré en estado alfa.

Y se me aparecieron.

Sentados a la mesa del comedor, cenaban café con leche y bizcochos.

Yo estaba en este mismo sillón de la sala, observándolos, con la sensación de estar dentro de un sueño como cuando se apareció el hombre de la librería.

No decían nada, ni siquiera se miraban, simplemente bebían su café y daban pequeñas mordidas a los bizcochos.

—¿Qué hacen aquí? —grité.

No contestaron.

—Sé perfectamente que me están escuchando.

Mi madre se volvió apenas y me miró con el rabillo del ojo, con una expresión de indiferencia.

—¿No quieres cenar con nosotros? —dijo.

Fui a pararme junto a ellos.

—Estuve a punto de volverme a emborrachar por su culpa, lo que equivale a suicidarme.

Mi padre se encogió de hombros.

—Déjanos en paz.

—Ustedes son los que no me dejan en paz a mí.

—¿Nosotros? ¿En qué te molestamos? Olvídate de lo que sucedió hace años.

Ni siquiera levantaba la cabeza al hablar.

—¿Por qué vinieron?

—Tú nos llamaste.

—Nosotros ya no tenemos nada de qué hablar, ¿verdad?

Ahora fue mi madre la que contestó, también cabizbaja.

—No, ya no tenemos nada de qué hablar.

Un sentimiento distinto empezó a nacer en mí. Las piernas se me doblaban y tuve que apoyarme en el respaldo de una de las sillas.

—¿Cómo se sienten? —pregunté en un tono mucho más suave.

—Muy cansados —dijo mi padre—. Tú eres el que no nos deja en paz a nosotros.

Me solté llorando.

—¿Por qué tuvieron que ser así las cosas, padres míos? Yo he tratado de desprenderme, pero no puedo.

—Déjanos en paz —repitió mi padre.

Casi le agitaba las manos frente a la cara, como tratando de hacerlo reaccionar.

—Yo no tuve la culpa de lo que sucedió.

—Nosotros tampoco.

—¿Entonces quién?

—Nadie —dijo mi madre antes de darle un sorbo a su café.

—Olvídalo ya —dijo mi padre.

Regresé al sofá y me dejé caer en él, sin fuerzas en el cuerpo.

—Te queremos mucho —dijo mi madre.

Y desaparecieron.

Durante semanas sólo pude pensar en ellos, pero ya sin angustia. Una noche rompí cuanto había escrito y decidí cancelar cualquier tipo de recuento y concentrarme en el presente. Se me estaba yendo la vida en sondear un pasado que era un pozo sin fondo. A partir de ese momento empecé a recuperar el entusiasmo, y —aunque con altas y bajas— en el fondo no he vuelto a perderlo.

Epílogo

Al releer el libro para esta nueva edición no pude menos que recordar las especiales circunstancias en que fue escrito.

En 1976 salí del periódico *Excélsior*—donde dirigía el suplemento cultural "Diorama de la Cultura"—, tras un golpe artero del entonces presidente Luis Echeverría. Salí en compañía de su director, Julio Scherer, y de una buena cantidad de compañeros, los más prestigiados y profesionales, del diario.

Colaboraba cada semana en *Proceso*, en la sección cultural, pero necesitaba un trabajo fijo y más o menos bien remunerado para cubrir mis complicadas necesidades económicas.

La primera propuesta de un nuevo trabajo fue de Porfirio Muñoz Ledo para irme a la Secretaría de Educación Pública, de la que era titular. Acepté, pero antes de empezar, me habló Julio Scherer: José Andrés de Oteyza, recién nombrado secretario de Patrimonio y Fomento Industrial, buscaba un director editorial porque quería hacer varias publicaciones para apoyar a las empresas paraestatales que dependían de la Secretaría. Le dio mi nombre y Oteyza respondió que fuera a ver lo más pronto posible a su director de Comunicación Social, Renward García Medrano.

—El problema es que ya acepté el puesto que me ofreció Porfirio Muñoz Ledo en la Secretaría de Educación —dije.

Scherer lo pensó un momento y contestó, proféticamente:

—Te conviene más irte con Oteyza. Él va a durar todo el sexenio y en cambio, creo, Muñoz Ledo no llega ni al año.

En efecto, Oteyza duró como secretario de Patrimonio todo el sexenio y Muñoz Ledo salió de Educación poco después del año.

Eso, como tantas otras veces lo comprobé en Scherer, se llama visión política, conocimiento de sus personajes y, decía, hasta cierta cualidad profética.

Empecé a hacer reportajes de las varias empresas paraestatales que dependían de Patrimonio y hasta un suplemento cultural que patrocinaban esas mismas empresas y se distribuía semanalmente en *El Universal* y *Novedades*, y del que éramos codirectores Gustavo Sainz y yo.

Pero a consecuencia de una difícil separación matrimonial caí en una fuerte depresión nerviosa y empecé a beber en demasía. Mi padre y cuatro de sus siete hermanos, como digo en el libro, habían sido alcohólicos y, sabemos, en el alcoholismo lo genético es determinante. No quise ir a Alcohólicos Anónimos (tardaría todavía más de treinta años en dejar definitivamente la bebida) y, pensé, el problema lo podía manejar yo solo... con la ayuda de la literatura.

También, como lo mencioné, había visto a mis tíos y a mi padre sufrir el *delirium tremens* y no encontré mejor refugio para mis males que realizar una novela-reportaje sobre el tema. El reto me apasionaba: ¿se podía hacer una especie de interpretación de las imágenes que surgían en el delirio?

Me acerqué al sanatorio Lavista del Seguro Social y tuve la suerte de conocer y hacerme amigo del director del programa antialcohólico de la institución, el doctor José Antonio Elizondo, quien no sólo hizo el prólogo al libro sino que me ayudó a elegir a los enfermos que entrevistaba, en especial los fines de semana en que no veía a mis hijos. Pero no sólo los fines de semana, sino en ocasiones cualquier día de entre semana.

Por supuesto, no todos los alcohólicos padecen el *delirium tremens*, y a mí sólo me interesaban los que lo habían padecido, lo que en ocasiones complicaba el trabajo, y por eso tardé un año en la pura investigación.

El libro tuvo muy buena acogida y en el lapso de dos meses vendió tres ediciones en Compañía General de Ediciones, su editorial. Además, me invitaron en 1979 a Cuba y a Rusia —en donde tenían serios problemas de alcoholismo— y en Moscú conocí un centro de estudios parapsicológicos con un gran pabellón para estudiar el sueño y sus posibilidades telepáticas. Pero no sólo el sueño, también el *delirium tremens*. En estados de grave alteración, parece, la mente estalla y abre insospechadas posibilidades a la comunicación extrasensorial.

El paradójico olvido de lo que tenemos más presente y a la vista hizo que en el epílogo anterior no mencionara un hecho relacionado con esto, y que me concierne muy directamente, ya que se refiere a mi propio padre.

La noche anterior a morir le pidió a mi mamá que le planchara el traje aquel —el azul marino— que le había regalado uno de sus hermanos, ya muerto.

—¿Para qué? —preguntó mi mamá, asombrada.

—Porque mañana voy a cenar con mis hermanos —contestó él.

Y en efecto, al día siguiente murió.

Pero desde que estuvo en terapia intensiva en el Centro Médico, después de un segundo infarto, mi padre hablaba con sus hermanos ya muertos. Su vecino de cama me lo dijo:

—Anoche estuvo su papá largo rato hablando con una de sus hermanas que se llama María Luisa. Así le decía: María Luisa esto o aquello. Yo pensé que María Luisa estaba parada frente a él por la forma en que le hablaba. Hasta que luego me di cuenta que estaba solo y hablaba consigo mismo.

¿Hablaba consigo mismo?

Mi padre me lo dijo abiertamente la última mañana que estuvo en terapia intensiva:

—Mis hermanos muertos han venido uno por uno y me han dicho cómo debo prepararme para morir, y que ellos me van a ayudar y que luego vamos a estar juntos.

Como se vio en las páginas anteriores —la primera edición de este libro es de 1978 y mi padre murió en 1979—, durante la entrevista con Gabriel en el café La Habana, digo yo:

"Una noche mi padre tuvo un ataque de *delirium tremens*. Decía que a los pies de su cama estaba sentada su hermana María Luisa, muerta hacía más de quince años. Parecía hablar con ella. Nunca olvidaré el brillo entre ausente y angustiado de sus ojos. Luego entró en Alcohólicos Anónimos y dejó de beber."

La misma hermana que se le "apareció" en el *delirium tremens* fue la que, años después, se acercó a su cama de enfermo para hablar con él y prepararlo para morir.

La relación me saltó a la vista cuando, hace poco tiempo, leí un libro de Elisabeth Kübler-Ross, tanatóloga que ha trabajado con enfermos terminales desde hace más de treinta años.

Dice:

"Hoy es posible afirmar que nadie muere solo, ya que se repite como una constante en la mayoría de los casos que el moribundo vea llegar a sus seres queridos."

La doctora Kübler-Ross va un paso más lejos en su apreciación:

"Si tan sólo tuviéramos ojos para ver, descubriríamos que no estamos nunca solos, sino rodeados de seres invisibles. Hay ocasiones, generalmente en momentos de gran conmoción mental, en que nuestra percepción aumenta hasta el punto de poder reconocer su presencia. También, podríamos hablarles por las noches antes de dormirnos y pedirles que se muestren ante nosotros, y hacerles preguntas conminándolos a darnos la respuesta en los sueños."

¿Será el *delirium tremens* una de esas "conmociones mentales", que agudizan nuestra percepción extrasensorial, a la que se refiere la doctora Kübler-Ross? Por otra parte, su relación con el sueño —un sueño largamente reprimido por el alcohol— parece obvia. Por eso Jung decía que el alcohol, bebido en exceso, atrae fantasmas.

Lo cierto es que, después de entrevistar a más de cien casos que habían padecido el *delirium tremens*, las preguntas iniciales de las que partí aún quedan abiertas: ¿por qué ciertas imágenes? ¿Por qué en ocasiones parecía el delirio requisito para tocar fondo y empezar la curación? ¿Por qué, como en el caso de Gabriel, terminaba por relacionarse con una religiosidad tan marcada? Incluso, ¿por qué después del trauma se recuperaba un anhelo de vivir y de dicha casi infantiles?

¿Quién conoce el bien?, le preguntaron a Dante y él respondió: sólo quien conoce el mal. Por supuesto, la conclusión era que se pagaba un precio demasiado alto —descender a los infiernos, casi nada— para revalorar la luz. Por eso también la fórmula de Aimé Duval parece incuestionable;

—¿Cómo se las arregla para no recaer?

—Nunca puede estar uno seguro. Si acaso por veinticuatro horas.

—¿Y para estar lo más seguro posible?

—Siendo feliz.

—¿Y para ser feliz?

—Cambiando de modo de vivir.

Delirium tremens de Ignacio Solares
se terminó de imprimir en noviembre de 2015
en los talleres de
Litográfica Ingramex, S.A. de C.V.
Centeno 162-1, Col. Granjas Esmeralda, C.P. 09810 México, D.F.